传统家书

与社会主义核心价值观

本书为2018年四川省软科学研究项目成果，项目编号：2018ZR0292

刘铁鹰／著

四川大学出版社
SICHUAN UNIVERSITY PRESS

项目策划：曾　鑫
责任编辑：曾　鑫
责任校对：孙滨蓉
封面设计：墨创文化
责任印制：王　炜

图书在版编目（CIP）数据

传统家书与社会主义核心价值观 / 刘铁鹰著. 一 成
都：四川大学出版社，2021.10
　ISBN 978-7-5690-5070-7

　Ⅰ．①传… Ⅱ．①刘… Ⅲ．①书信集－中国－古代②
社会主义核心价值观－研究－中国 Ⅳ．① I262 ② D616

　中国版本图书馆 CIP 数据核字（2021）第 208360 号

书　名　传统家书与社会主义核心价值观
　　　　CHUANTONG JIASHU YU SHEHUIZHUYI HEXIN JIAZHIGUAN
著　　者　刘铁鹰
出　　版　四川大学出版社
地　　址　成都市一环路南一段 24 号（610065）
发　　行　四川大学出版社
书　　号　ISBN 978-7-5690-5070-7
印前制作　四川胜翔数码印务设计有限公司
印　　刷　成都金龙印务有限责任公司
成品尺寸　170mm×240mm
印　　张　10.25
字　　数　170 千字
版　　次　2021 年 10 月第 1 版
印　　次　2021 年 10 月第 1 次印刷
定　　价　59.00 元

◆ 读者邮购本书，请与本社发行科联系。
　电话：(028)85408408/(028)85401670/
　(028)86408023　邮政编码：610065
◆ 本社图书如有印装质量问题，请寄回出版社调换。
◆ 网址：http://press.scu.edu.cn

四川大学出版社
微信公众号

目　录

第一章　传统家书中的价值折射……………………………………（1）

第一节　传统家书是中华传统文化的重要载体…………………（4）

第二节　传统家书蕴含着的丰富的思想价值理念………………（7）

第三节　传统家书与社会主义核心价值观的关系………………（10）

第四节　传统家书的当代价值……………………………………（11）

第五节　传统家书的发展及创新…………………………………（12）

第二章　社会主义核心价值观国家层面的价值准则……………（16）

第一节　社会主义核心价值观国家层面价值准则的内涵………（16）

一、富强的内涵………………………………………………（16）

二、民主的内涵………………………………………………（16）

三、文明的内涵………………………………………………（17）

四、和谐的内涵………………………………………………（17）

第二节　社会主义核心价值观国家层面价值准则与传统文化的关系　…（18）

一、富强与传统文化的关系…………………………………（18）

二、民主与传统文化的关系…………………………………（18）

三、文明与传统文化的关系…………………………………（19）

四、和谐与传统文化的关系…………………………………（19）

第三节　社会主义核心价值观国家层面价值准则在传统家书中的体现

………………………………………………………………（20）

一、富强篇……………………………………………………（20）

二、民主篇……………………………………………………（28）

三、文明篇……………………………………………………（32）

四、和谐篇·······························（38）

第四节　在国家层面践行社会主义核心价值观············（52）

一、在富强中践行社会主义核心价值观············（52）

二、在民主中践行社会主义核心价值观············（53）

三、在文明中践行社会主义核心价值观············（53）

四、在和谐中践行社会主义核心价值观············（54）

第三章　社会主义核心价值观社会层面的价值准则··········（55）

第一节　社会主义核心价值观社会层面价值准则的内涵·····（55）

一、自由的内涵·····························（55）

二、平等的内涵·····························（57）

三、公正的内涵·····························（59）

四、法治的内涵·····························（61）

第二节　社会主义核心价值观社会层面价值准则与传统文化的关系

·······································（65）

一、自由与传统文化的关系·················（65）

二、平等与传统文化的关系·················（65）

三、公正与传统文化的关系·················（65）

四、法治与传统文化的关系·················（66）

第三节　社会主义核心价值观社会层面价值准则在传统家书中的体现

·······································（67）

一、自由篇·····························（67）

二、平等篇·····························（76）

三、公正篇·····························（80）

四、法治篇·····························（84）

第四节　在社会层面践行社会主义核心价值观············（88）

一、在自由中践行社会主义核心价值观············（88）

二、在平等中践行社会主义核心价值观············（89）

三、在公正中践行社会主义核心价值观············（89）

四、在法治中践行社会主义核心价值观············（91）

第四章　社会主义核心价值观公民层面的价值准则……………………（92）

第一节　社会主义核心价值观公民层面价值准则的内涵…………（92）

一、爱国的内涵………………………………………………（92）

二、敬业的内涵………………………………………………（94）

三、诚信的内涵………………………………………………（96）

四、友善的内涵………………………………………………（98）

第二节　社会主义核心价值观公民层面价值准则与传统文化的关系

………………………………………………………………（99）

一、爱国与传统文化的关系…………………………………（99）

二、敬业与传统文化的关系…………………………………（100）

三、诚信与传统文化的关系…………………………………（101）

四、友善与传统文化的关系…………………………………（102）

第三节　社会主义核心价值观公民层面价值准则在传统家书中的体现

………………………………………………………………（103）

一、爱国篇……………………………………………………（103）

二、敬业篇……………………………………………………（117）

三、诚信篇……………………………………………………（130）

四、友善篇……………………………………………………（136）

第四节　在公民层面践行社会主义核心价值观…………………（149）

一、在爱国中践行社会主义核心价值观……………………（149）

二、在敬业中践行社会主义核心价值观……………………（150）

三、在诚信中践行社会主义核心价值观……………………（151）

四、在友善中践行社会主义核心价值观……………………（152）

参考文献………………………………………………………………（154）

后　记…………………………………………………………………（156）

第一章 传统家书中的价值折射

"坚定文化自信，推动社会主义文化繁荣兴盛"是新时代我国文化建设发展的方向和目标。作为一个国家、民族灵魂的文化，是凝聚国家民族力量、构筑民族根基、推动民族进步的重要源泉。而中国特色社会主义文化源自中华优秀传统文化、熔铸于革命文化和社会主义先进文化的发展脉络，也决定了中国特色社会主义文化是中华文化的血脉传承，是当代中国人民建设中国特色社会主义、开创美好未来的动力支撑。因此，要进一步发展繁荣中国特色社会主义文化，培育、践行中国特色社会主义文化的深沉内核社会主义核心价值观，推进文化自信、价值自信，充分发挥社会主义核心价值观在当代精神文明建设中的引领作用，需要我们在前行的道路上时时回溯中华优秀传统文化，细细品味其中蕴含的丰富而深刻的思想精髓、中华民族长期遵循的道德规范以及给予后人无穷力量的人文精神，并结合时代的要求不断发展创新。

党的十八大以来，习近平总书记也多次指出要大力宣传中华民族的优秀文化，继承"五四"以来的革命文化传统。强调中华优秀传统文化是中华民族的突出优势，中华民族伟大复兴需要以中华文化发展繁荣为条件，必须结合新的时代条件传承和弘扬好中华优秀传统文化，并将之作为治国理政的重要思想文化资源。2014 年习近平总书记在与北大师生座谈时更是深切谈到"中华优秀传统文化已经成为中华民族的基因，植根在中国人内心，潜移默化影响着中国人的思想方式和行为方式。今天，我们提倡和弘扬社会主义核心价值观，必须从中汲取丰富营养，否则就不会有生命力和影响力"①。习近平新时代中国特色社会主义文化的建设需要展示和释放出中华优秀传统文化的内在能量与光华。

---

① 新华网. 习近平. 青年要自觉践行社会主义核心价值观——在北京大学师生座谈会上的讲话 [EB/OL]. 2014－05－05〔2014－05－06〕. http://www.xinhuanet.com//politics/2014－05/05/c_1110528066_2.htm.

中华优秀传统文化深深根植于中华大地，绵延于中华民族五千多年历史文明孕育而成。在漫长的历史演进和民族生存发展的进程中，中华优秀传统文化铭刻着中华民族最根本的精神基因，积淀着中华民族最深沉的精神追求，体现着中华民族独特的历史命运，在民族文化传承中形成了显著的精神标识。中华优秀传统文化是中华民族屹立于世界民族之林千年虽历经坎坷却从未间断、一往无前的强大精神支柱和内生力量，为中华民族的生生不息和不断发展壮大提供了丰厚的滋养。可以说，中华民族今天之所以能以无比自信的姿态步入中国特色社会主义建设的新时代，并全力推进中华民族的伟大复兴，这与优秀传统文化赋予中国人民的精神、气节、智慧和力量是分不开的。因此，集中体现中国当代精神和社会普遍共识的社会主义核心价值观在本质上与中华传统文化存在着天然的联系。一方面，中华传统文化是社会主义核心价值观形成的重要基础，为社会主义核心价值观提供了精神土壤和思想源泉。中华传统文化，特别是中华优秀传统文化是中华民族的宝贵精神财富，其涵盖的许多经世思想、安身立命的理念、道德准则、生存智慧以及蕴藏的民族文化心理、思维方式、价值取向和理想情怀，等等，是维系社会稳固的重要纽带，亦是推动民族延续的营养补给，与当代精神文明的构建有着不可分割的承接与衍生关系，对社会主义核心价值观具有重要的涵养作用。另一方面，社会主义核心价值观是对当代全体中国人民共同价值追求的凝练，它必然带有融入民族血液的文化印记和精神内核，体现着中华优秀传统文化在当代的继承和发展，是中华优秀传统文化在社会历史变迁中不断与实践相结合并创新发展与转化的结果，承载着既彰显中华传统文化特征又契合当前中国特色社会主义建设需要的价值标准和行为导向。因此，要着力培育和践行社会主义核心价值观，充分发挥社会主义核心价值观凝聚社会力量、引领文化思想的重要功能，必须立足中华优秀传统文化，高度重视中华优秀传统文化的基础性作用，深入挖掘优秀传统文化蕴含的丰富思想内涵和道德资源，并从中吸收其精华，推进传统优秀文化与时代要求和当代实践的融合再生。

在中华传统文化中，家书文化又是其极具特色的重要组成部分，是中华传统文化中最真实且极具感召力的载体。在中国历史发展过程中，长期存在的以家庭和宗亲家族为基本组织的社会结构形式，促成了中华民族自古就十分重视家庭亲情和伦理道德的民族特性。注重家风家教、主张家国同构也成为中华民族传统文化的一个重要特征。在儒家典籍《大学》中，不仅提出了"一家仁，一国兴仁；一家让，一国兴让"的治国之道，还倡导了"修身、齐家、治国、平天下"的理想情怀。因此，在长期的中国封建社会和近现代社会，家书作为家人之间沟通信息、联络感情、交流思想的最主要的媒介，以其独特的存在方式和独具的思想艺术价值，成为一个家庭的重要精神依托，也成为中华传统文化不可缺少亦不可再生的珍贵宝物。家书不仅收录着社会最小细胞家庭的情感记忆，而且蕴含着丰富的思想内涵和文化资源；其中，既有对不同家庭、人物理想抱负、价值观念和品格风范的反映，也有对许多哲学思想、人文精神和道德原则的描绘；既有对历史发展和社会变革的生动再现，也有对个人内心世界和精神追求的真实写照。家书是中华民族优秀传统文化和思想智慧的重要载体。它犹如一面多棱镜，能够折射出各个时代社会和个体成长的足迹与精神走向，是留给后人的一笔丰厚的文化遗产，对我们今天解构民族精神特质、延续民族文化命脉、继承优秀思想理念、凝聚社会力量人心，同时进一步深培厚植并广泛实践社会主义核心价值观，具有重要的价值。

虽然随着信息化、网络化时代的到来，人们的生活节奏日益加快，人际沟通与交往更加便捷，交流方式不断更新，家书作为媒介的地位受到了严重冲击与影响，传统家书逐渐式微并面临失传。但在历史长河中形成并得以流传下来的许多家书，让我们窥见传统家书所富有的文化价值与魅力；家书具有私密性和专属性，大量的优秀家书仍散存在千家万户或各个角落，没有能够得到及时有效的保存与挖掘；同时，在信息技术迭代纷呈的背景下，通过创新性发展与转化，家书还可以以更多新颖的形式继续在现代社会发挥其传递思想以及情感价值的独特功能。因此，以家庭这一"人生第一所学校"为切入点，抓住亲情纽带这一影响青少年健康成长、传承和弘扬中华传统文化、培育和践行社会主义核心价值观的重要因素和渠道，以各个历史时期形成的优秀家书，包括历代文化名人和历史人物的家书，以及近现代革命战争时期和社会主义建设时期涌现出的红色家书这一特殊传统文化形态为对象，在广泛收集整理各类家书资源的基础上，深入梳理其内在的文化肌理与精神基因，勾勒中国人的文化信仰与精神画像，找出优秀传统文化与社会主义核心价值观的内在链接和情理相通之处，提升优秀传统文化的教化功效，增强广大社会成员特别是青年一代对民族文化的自豪感、对社会主义核心价值观的认同感，激发出他们内心深处追求价值理想、捍卫价值真理的热情与活力，从而推进社会主义核心价值观不断融入社会发展的各个方面。这既是对优秀传统文化的弘扬与继承，也是充分运用传统优秀文化育人、化人，发扬中华民族传统美德，筑牢民族共同价值基础，不断增强民族凝聚力和自信心，提升文化软实力的有益实践。

同时，传统家书集多门学科、文化元素于一体，既有思想性又富艺术性。无论从历史学、文学、美学、伦理学、社会学、心理学等层面，还是从书法、礼仪等角度，都具有较大的研究和挖掘空间。同时，通过对已公之于世的各类家书进行分析研究、对散存在社会和个人手中的家书进行抢救保护、对现有家书的承载方式和交流形式进行与现代生活发展趋势相适应的创新转化，还可以进一步丰富和充实传统文化资源，保护传统文化遗产，梳理出一批具有较高思想价值和文化艺术价值的经典家书，提供一系列生动的优秀传统文化教育素材；通过利用传统家书具有的感染力、渗透力和亲和力等特征，进一步加深广大群众特别是青少年学生对传统文化的再认识和对社会主义核心价值观的理解，还可以引导人们树立正确的历史观、民族观、国家观和文化观，进而促进爱国爱家、相亲相爱、崇德向善、共建共享的社会主义新风尚的形成；在开发利用家书的过程中，通过家书侧面反映的社会进程以及历史风貌，还可以帮助我们透过历史把握时代的变迁和文化社会发展的脉络，感受中华民族厚重的历史文化底蕴和强劲活力。

因此，在深入推进社会主义核心价值观建设，以共同的价值理想引领全社会为实现中华民族伟大复兴而努力奋斗的今天，我们有必要回顾传统家书，重温那些纸短却浸透着亲情与力量的字句，挖掘传统家书与社会主义核心价值观要求相适应的思想内涵和道德标准，探寻家书文化在秉持传承优秀传统价值理念和优秀传统伦理思想、推进良好家风形成、滋养社会主义核心价值观的重要作用，充分显示家书的当代价值，让社会主义核心价值观融入家庭文化建设，能够更好地扎根于人们的思想意识和道德观念。

第一节　传统家书是中华传统文化的重要载体

中华传统文化历史悠久，恢宏灿烂，蕴含着丰富的思想道德资源和人文精神，是中华民族各个历史时期各种文化思想、文化形态、价值观念、道德标准等的总和。中华传统文化范围十分广泛，涵盖文字、语言、书法、音乐、武术、曲艺、棋类、节日、民俗等各个方面。其中传统家书集文字、语言、书法为一体，也属传统文化的范畴。家书，顾名思义，是指家人、亲人之间往来的书信。家书文化源远流长，大约在文字产生后便开始出现，并随着文字语言的发展和纸张的发明逐渐流行起来，在中国社会历史长期发展过程中成为维系家庭成员骨肉亲情的重要纽带。虽然目前在科学技术的推动下，人们的通信方式已经发生急剧变革，传统的手写书信被新的形式所取代并逐渐退出了历史舞台，但不可否认传统家书在中华传统文化中占有者重要的一席之地，既是中华传统文化的有机组成部分，也是传承中华优秀传统文化的重要载体。

一方面，传统家书体现了丰富的优秀传统文化内涵，承载了中华传统文化的优秀基因，是集亲情、家风家训、伦理道德、家国情怀于一体的特殊文化形态，是研究中华优秀传统文化的重要切入点之一。第一，家书是家人之间传递情愫、沟通交流、寄寓乡愁的重要载体，是传统文化中具有浓郁感情色彩的鲜活读本。在现代通信工具出现以前，由于距离遥远，通信联络手段有限，家书在我国漫长的历史发展过程中一直是家人或亲朋之间传达信息、交流思想情感的最主要渠道，扮演着联络亲情、抒发胸臆、通达事理的重要角色。如文天祥的《狱中家书》、梁启超的《写给儿子梁思成的信》、孙中山先生的《写给侄子孙昌的信》、林觉民的《与妻书》、鲁迅的《写给母亲的信》以及近现代著名的《谢觉哉①家书》《傅雷家书》和无数仁人志士留下的革命家书、遗书、血书、绝笔，等等。无论是长篇大作，还是寥寥数笔，其中墨迹长存、余温犹在的经典话语，无不饱含着一份真诚的思念、表达着一份真挚的嘱托、寄予着一份真切的期冀，洋溢着强烈的情感因素，传载着深刻的思想喻义，是具有重要价值和作用的文化镜鉴。第二，中华传统文化注重和倡导"言传身教"，传统家书以语言文字"载道""化人"，无疑承担了"言传"的功能，是中华传统优良家训、家庭教育和家风传承的重要载体，是家庭成员学习和领悟"为生之道、为人之道、为学之道"等人生道理和价值目标的重要途径，在中国社会发展历史上倍受推崇和重视。相较于当代社会中的电话、短信等便利迅捷的电子交流方式而言，传统家书所传达的情感更为细腻、思考更为深刻、义理更为透彻、影响也更加全面。例如刘向②的《诫子歆书》、诸葛亮的《诫子书》《郑板桥家书》《左宗棠家书》《曾国藩家书》《林纾③家书》《梁启超家书》《傅雷家书》等。这些优秀家书，笔法情真意切、内容真实感人，穿透着家庭亲情和人生智慧，从答疑解惑到授业传道、从经世哲学到修身齐家，将深刻的道理以感染、浸润的方式通过言语训诫将之潜移默化为思想上的认同和行为上的习惯，读之令人动容、直撼人心，是家风文化最直接的体现。第三，中国传统家书文化内含丰富的道德资源，集中展示了中华文化的优秀传统伦理。习近平总书记曾指出，中华民族在长期实践中培育和形成了独特的伦理和道德规范，有崇仁爱、重民本、守诚信、讲辩证、尚和合、求大同等思想，有自强不息、敬业乐群、

---

① 谢觉哉（1884—1971年），中国共产党的优秀党员、"延安五老"之一、著名的法学家和教育家、杰出的社会活动家、法学界的先导、人民司法制度的奠基者。

② 刘向（前77—前6年），汉朝宗室大臣、文学家，中国目录学鼻祖。

③ 林纾（1852—1924年），近代文学家、翻译家。

扶正扬善、扶危济困、见义勇为、孝老爱亲等传统美德。中华优秀传统文化中很多思想理念和道德规范，不论过去还是现在，都有其永不褪色的价值①。作为中华优秀传统文化的重要组成部分，在许多传统家书中都能够看到其强调孝老爱亲、勤俭持家、谦和礼让、严己宽人、修己慎独、诚信友善、见利思义、勤俭自强、敬业乐群、廉洁奉公、精忠报国等思想观念的一面，充分体现了中华民族优秀的伦理价值观和传统美德。第四，传统家书还蕴涵了浓厚的"家国情怀"。中华民族向来追求"家国一体"的境界，主张"天下之本在家"，认为"家"是缩小的"国"，"国"即放大的"家"。这一传统文化的重要特征在传统家书中也显露无遗。从流传的家书看，涉及的内容绝非仅仅是家庭琐事，还有着许多事关"国家兴亡""匹夫有责""民族气节"的大事，浓缩着强烈的"家国同构"思想。如诸葛亮的《与兄瑾书》，表现了诸葛亮为蜀国鞠躬尽瘁，死而后已的责任担当。在《梁启超家书》中，不仅有对子女们学习、品德等各方面给予的指导，而且注重以爱国情怀传承感染子女，教育引导他们把个人努力和对社会的贡献紧密联系在一起，报效祖国。梁氏 9 个子女有 7 个留学海外，皆学成归国，体现了梁氏家庭爱国的良好家风。此外，收录有烈士家信、遗书、就义诗的《红色家书》②《抗战家书》③ 等家书集，也大量反映了革命先辈为国家民族利益将个人生死置之度外的高尚情操，展现出了革命战争年代、国家存亡之秋老一辈革命家的民族大义和爱国情怀。

另一方面，传统家书是传统文化遗产的重要组成部分，兼具物质文化遗产（有形文化遗产）和非物质文化遗产（无形文化遗产）双重属性。家书根据考古文献记载，最早的家书是秦朝的"木牍家书"，距今已有 2200 多年历史。经过千年的发展，时至今日，随着现代信息技术的突飞猛进，传统家书的许多功能已逐渐被智能手机等现代社交通信工具所取代。这是现代科技发展的必然结果，也是不可逆转的趋势。但是也正因为如此，传统家书成为传统文化遗产的重要部分。传统文化遗产从形态上划分可分为物质文化遗产（有形文化遗产）和非物质文化遗产（无形文化遗产）。其中，物质文化遗产是具有历史、艺术和科学价值的文物；非物质文化遗产是指各种以非物质形态存在的、与群众生活密切相关且世代相承的传统文化。在物质文化遗产属性方面，传统家书属于

---

① 王志东. 中华优秀传统文化是当代中国最深厚的文化软实力 [EB/OL]. 2019－01－16 [2019－01－16]. http://theory. people. com. cn/n1/2019/0116/c40531－30544538. html.

② 《红色家书》是 2006 年 6 月 1 日中国画报出版社出版的图书，作者是张丁.

③ 作者：中国人民抗日战争纪念馆，本书收录了左权、吉鸿昌、张自忠、戴安澜、蔡炳炎、谢晋元等抗战先辈近 100 封家书及其背后的故事.

可移动的一种文体、文献和资料，既含有丰富的历史文化信息和思想价值内涵，又能折射出时代的风云变幻，具有极高的社会科学研究价值和人文艺术价值。首先，传统家书是非常难得的第一手原始史料。如秦代的"木牍家书"，记述了不少在秦朝军中的征战和生活情况，《林则徐家书》记载了第一次鸦片战争的情况，这些对研究中国社会历史进程和战争问题大有帮助，可以作为史学研究的有力实证和补充；其次，家书中所表现的思想文化内涵和价值理念，可以为我们研究中华民族的文化特质、民族精神、社会生活现象及其规律提供鲜活的素材。此外，优秀的家书文章及家书书法还是中国文学艺术和书法艺术的瑰宝。在非物质文化遗产方面，传统家书承载着中华民族生生不息的文化基因，是进行家庭教育、思想教育、伦理教育、社会教育、廉政教育、民族教育、艺术教育的有效载体；传统家书格式、设计、写作、礼仪、封装等规范和技艺，也是中国传统文化的重要符号标识。因此，传统家书的两种属性对我们不断从中汲取优秀传统文化的营养、获取智慧力量，构筑民族的共同精神家园都具有重要的意义。

第二节　传统家书蕴含着的丰富的思想价值理念

中华民族的传统文化经过上下五千年的跌宕发展，不仅是世界上最古老和繁荣的文化之一，而且独具魅力。其历经岁月和历史沉淀形成的思想内涵和价值意蕴丰富厚实、博大精深，对国家、社会和个人的发展有着重要的启示和借鉴意义。习近平总书记在高度重视并强调传承和弘扬中华民族优秀文化传统对于国家发展和民族振兴的极端重要性时，把中华传统文化的思想精髓和道德核心精准概括为了"讲仁爱、重民本、守诚信、崇正义、尚和合、求大同"六个方面，并要求围绕六个方面深入挖掘、准确把握、汲取营养、古为今用。传统家书作为中国传统文化的一种特殊表现形态，无疑也是中华优秀传统文化思想道德精华的具体承载体，在其许多文本中都浸透着中华优秀传统文化主要的思想理念和价值追求。

传统家书的"仁爱"思想。"仁爱"是儒家的核心思想，不仅仅是一种伦理道德，更是通过对天、地、人的思考体悟而达至的一种人生境界和生命体验。在中国几千年的悠久历史中，下至平民百姓，上至皇权贵族，无不受其影响。而长期受到儒家思想熏陶的文人墨客，在其家书中也自然会表露出对"仁爱"思想的推崇和坚守。如清代拥有诗、书、画"三绝"的郑板桥，在其家书中处处都贯穿着"仁爱"思想。清代李鸿章在其家书中也十分强调"仁爱"，他在家书中曾指出：做人要持有敬和恕的品质，凡做事要首先做到敬。其次就是要对人要持有宽恕的态度，不可斤斤计较，毫不饶恕。"仁爱"思想决定了处理问题的出发点和落脚点，是协调人际关系、构建社会秩序的重要准则。

传统家书的"重民本"思想。"民本"思想是中国传统文化中极其重要的思想资源，它发端于商周交替之时。古代民本思想大致经历了从崇天敬祖到敬德保民，再从重民轻天到民贵君轻这样的发展轨迹。"民本"思想是中国传统政治哲学的重要构成部分，其所宣扬的"重民""安民""保民"主张一定程度上有利于整合社会资源、维持社会稳定。梳理历代家书资料，可以发现，其中有很多关于"民本"思想的描绘。如丁宝桢的《丁文成公家信》就记载了"试思大灾之后，尚忍如此伤天害理虐民之事乎？午夜扪心，当必矍然惧矣！尔当于'利'之一字，斩断根株，立意做一清白官，而后人则受无穷之福。"他告诫儿子须"时时恐百姓之众口以怨我"①，为官要把百姓是否满意放在心上，不能"自以为苦"，否则必"剥民以自奉"，苦了百姓。这体现了丁宝桢家庭"重民本"思想的家风教育和价值传承。

传统家书的"守诚信"思想。"诚实守信"是中华民族历来重视的道德准则和精神追求。中华民族素有"诚信之邦"的美誉。"诚实守信"就是真实无妄，不自欺、不欺人，名副其实。从历代呈现的家书来看，注重对家人和子孙后代诚实无欺、讲求信用道德品质培育的内容，是家书文化中非常突出的一个方面。如西晋大臣羊祜②在《诫子书》中教导儿子时称："言则忠信，行则笃敬"。傅雷在家书中也十分注重教育引导儿子要真诚待人，并谆谆告诫他"有了真诚，才会有虚心，有了虚心，才肯丢开自己去了解别人，也才能放下虚伪的自尊心去了解自己"。可见诚信守正、言行一致是中国家庭家风家训遵循的重要信条，是家风建设的重要价值标准，也是构建家庭美德、良好社会道德风尚的重要思想基础。

传统家书的"崇正义"思想。"崇尚正义"也是中华传统价值观的基本要素，是中华人文精神的重要价值支撑。中华传统文化中的正义观由"正"与"义"两个词意组成。"正"即具有正当、合适和公正之意，如"名不正，则言不顺"中的"正"，强调的是名分的正当性、恰当性。"义"含有正当、应当和适宜等多重意思。如"义者，宜也。""义，人之正路也"。在传统家书中，也

---

① 丁宝桢. 丁文成公家信［M］. 济南：山东画报出版社，2012.
② 羊祜（221—278年），西晋人，战略家、政治家、文学家。

有很多涉及"崇正义"的思想理念。如《傅雷家书》中，傅雷敦告儿子傅聪"你是以艺术为生命的人，也是把真理、正义、人格等等看做高于一切的人"，把"正义"放在人格追求的高度，作为对家人后代立德修身的要求。

　　传统家书的"尚和合"思想。"和合"思想是中华传统文化的核心理念和首要价值之一，是中华民族基于社会伦理和生命哲学的思想精粹和智慧结晶，是中国社会普遍的理想追求和文化特质。中华民族历来重视和珍惜"和合"思想，从古典文籍中"和为贵"的价值理念到今天的构建社会主义和谐社会、构建人类命运共同体，其本质都是民族文化和性格的一脉相承。所谓的"家和万事兴""远亲不如近邻"，说明的是家庭与邻里之间要和谐；"得饶人处且饶人""良言一句三冬暖，恶语伤人透骨寒"，强调的是人际交往要和谐；"政通人和，百废俱兴""老吾老，以及人之老；幼吾幼，以及人之幼"，描述的是社会要和谐；"亲仁善邻，国之宝也""邻国相望，鸡犬之声相闻""四海之内皆兄弟"形容的是国家要和谐。在传统家书文化中也充分体现了中华民族注重"和合"的思想。如郑板桥《板桥家书》中记载了他为感恩家乡父老乡亲，在信中嘱托弟弟要"敦宗族，睦亲姻，念故交，大数既得；其余邻里乡党，相周相恤，汝自为之，务在金尽而止"。要求他散尽俸银也要厚待亲友、接济乡里。清代大学士张英[①]在面对家人与邻居因宅基问题发生纠纷时，也在家书中以一首"让墙诗"劝解了家人、化解了矛盾。这些都充分展现出了中华优秀传统文化主张万物和谐相处、推崇和谐友善、讲求整体统一的价值理念。

　　传统家书的"求大同"思想。"天下大同"是我国古代社会人们对理想社会状态的向往和期许，是儒家思想的重要范畴，也是中华传统文化关于社会伦理道德的价值追求。"大同"的概念最早出自《礼记·礼运》的"大道之行也，天下为公……是谓大同"，其基本特征是人人友爱互助、家家安居乐业、没有战争、没有差别、秩序安定、平等和睦，强调天下是人们所共有的。大同思想在中国思想史上影响十分深远。在许多文人墨客和政治家的笔下，"大同世界"都是他们追逐的理想家园。在以表达、沟通见长的传统家书中，也可以看到许多关于"天下为公，求大同"理想情怀的表述。如《康有为家书》中提出了要建立一个"人人相亲，人人平等，天下为公"的理想国家。孙中山先生也对世界大同的理想非常执着。他承继中华优秀传统文化的思想理念，糅合西学，将"天下为公"作为了自己的政治格言，在《孙中山家书》中也多处谈及了"大同"思想。从这些家书中我们可以看到中华传统优秀文化中家国天下的使命责

---

① 张英（1638—1708 年），安徽桐城市人。清朝大臣，名相张廷玉之父。

任担当和民本色彩。

第三节　传统家书与社会主义核心价值观的关系

社会主义核心价值观是社会主义核心价值体系的内核，是社会主义核心价值体系的高度凝练和集中表达，它体现了社会主义核心价值体系的根本性质和基本特征，反映了社会主义核心价值体系的主要内涵和实践要求，是当代中国社会的思想共识和共同价值力量。社会主义核心价值观从国家、社会、个人三个层面规定了社会全体成员应当遵循的价值标准。其中，富强、民主、文明、和谐是属于国家层面的；自由、平等、公正、法治是属于社会层面的；爱国、敬业、诚信、友善是属于公民个人层面的。

习近平总书记曾指出，培育和弘扬社会主义核心价值观必须立足中华优秀传统文化。优秀的传统文化对一个民族的发展影响、牵动至关深远。中华传统家书是中华优秀传统文化的重要组成部分，历史悠久、代代相传，其中既有许多脍炙人口的励志佳作，也有许多广为传颂的经典名篇，内含丰富的思想道德精华、人生智慧哲理、优秀的人文精神和价值理念，具有深刻的教育意义，是学习传承中华优秀传统文化的重要途径和载体。中华优秀家书文化与中华优秀传统文化一道构成了社会主义核心价值观的文化起点和思想基础，对推进当代中国社会共同思想价值标准的形成、培育和践行社会主义核心价值观具有重要的借鉴、启发意义。

一方面，传统家书与社会主义核心价值观在内容上具有会通之处。传统家书中体现的家国情怀，自强不息的精神，天下为公、厚德载物、敬德保民的理念，诚实守信、勤劳勇敢的品格，孝敬父母、兄友弟恭的美德，重教化、正风俗的传统；中国传统家书文化倡导的"仁""义""礼""信""忠""和"等价值理念等，与社会主义核心价值观中的和谐友善、公平正义、文明法治、诚实守信、爱国敬业等价值标准是高度契合的。认识和了解传统家书，对深入理解社会主义核心价值观的深刻内涵和本质要求、把握社会主义核心价值观的价值向度和道德遵循、把社会主义核心价值观转化为自觉的行为习惯，具有积极的推动作用。

另一方面，传统家书与社会主义核心价值观之间还存在着相互依存、相互促进的关系。传承和发展中国传统家书文化不仅可以为社会主义核心价值观的培育提供丰富的思想道德资源；而且可以帮助提高和促进人们对社会主义核心价值观的认知和认同；可以为培育和践行社会主义核心价值观奠定重要的思想基础，提供良好的社会环境，营造融通的文化氛围。反之，中国传统家书文化要想实现自身由传统向现代的创造性转化和创新性发展，彰显其当代价值，也需要同当代中国社会文化相结合，与培育和践行社会主义核心价值观的要求相适应。两者相辅相成，相得益彰。

第四节 传统家书的当代价值

传统家书，古往今来，源远流长，名篇佳作纷呈，既汇集形成了中华民族绚丽而独特的家书文化，也寄寓了中华民族心底深处的种种浓情，滋养了世代中华儿女的心灵世界和精神家园。传统家书文化的内涵十分丰富，意蕴深远，能够穿透时空、撼动人心，给家人和后世带来深刻的影响和启示。尽管现在家书文化因种种缘由，发展受到制约并出现被边缘化的情形；但作为中华传统文化不可或缺的部分和特殊表现形态，传统家书凝聚和承载着许多优秀传统文化，无论是形式还是内容，都是传统文化宝库中的可贵资源，具有丰富而重要的价值。今天，我们传承和弘扬中华优秀文化中的优秀家书文化，就是要挖掘出家书文化所蕴含的价值，并与当代社会发展需要相结合，赋予它时代的意义和生命力。

家书文化的价值呈现比较多元，概括来讲主要有以下四个方面。

一是家书的文化价值。家书富含的文化内涵、文化形态及其文化符号，是中华优秀传统文化长卷中的重要一笔，是中华民族文化血脉传承和发展繁荣的重要脉络，对彰显中华传统优秀文化的永久魅力、巩固民族精神根基、涵养当代文化、凝聚核心价值理念发挥着突出的作用。作为历史文化遗产，传统家书独有的格式、礼仪、表现形式、传承方式和强大的思想内涵张力，也无不体现了中华优秀传统文化的多姿多彩和广袤深邃，是不可再生的宝贵文化资源，值得引起全社会的高度重视和关注。即便在现代通信工具的广泛使用、传统家书逐渐远离大众视线的背景下，也应该刻不容缓地对家书文化加以及时抢救和保护。

二是家书的教育价值。历经2000多年发展的传统家书除了沟通亲人信息、传递情愫之外，最重要的功能就是通过家书传承家风、家训，进行思想启迪和传统伦理道德的家庭教育。这种以亲情力量为依托进行的一对一的感召式的教育，能有效地将情感、思想和伦理、道德的要求融为一体，充分发挥"言传身教"的教化功能，既展现出了长辈对晚辈或亲人之间的深切关爱与呵护，又能对家庭成员的成长、进步和修养起到"润物细无声"的熏陶和引导，具有独特而不可替代的教育良效。同时这也为我们今天开展优秀传统文化和伦理道德教育提供了优秀的读本、先进的经验和宝贵的借鉴，在教育题材、内容、方法、途径和效果等方面都有着显著的启发意义和应用价值。

三是家书的研究价值。传统家书是第一手的史料和原始作品。它真实、鲜活、广泛、个性化的记录，可以补充历史发展的细节，丰富社会历史的"表情"。家书内容记载了许多真实的社会历史状况、人物的思想感情和生活际遇以及心理活动，等等，涉及社会生活方方面面，可以为社会历史、思想文化、人物、文学艺术等研究注入活力、提供资源和依据，也可以为撰写个人史、家庭史、社会史或进行文学艺术创作等提供丰富的素材和重要线索，同时还可以结合思想政治教育、优秀文化传承、社会风尚形成、文化价值提升等进一步拓展其应用研究。在研究的基础上，可以形成一批研究成果，以促进对历史进程和社会发展规律的认识把握，帮助人们获得更多对人生和社会的感悟、提高思想境界。

四是家书的审美价值。传统家书主要以文字为载体表情达意。而优秀的家书往往是内容与形式的完美统一，既闪烁着理性的光辉、拥有道德的高度和丰富的情感，又具有严谨的结构、优美的语言和生动的表达；有血有肉、有情有义；既是鲜活、跳动的文字，也是富有生命的书写；既具有优秀家书的特点，又是经典的文学佳作。有的家书笔墨挥洒之间，还体现着极高的书法造诣，读之不仅内容动人、文笔感人，观之也令人赏心悦目。因此，不少优秀的传统家书在思想内涵、生活情趣、文学形式和书法艺术上都具有较高的审美价值，是中华优秀传统文化美学的集合体，也是我们传承和学习的典范。

第五节　传统家书的发展及创新

关于最早出现的家书，目前学界广泛认同的是距今 2200 年前，秦统一六国时期的"木牍家书"。1975 年，考古专家在湖北云梦县"睡虎地秦墓群"的 4 号墓发现了两封木牍家书，记载了秦军士兵黑夫和惊两兄弟从驻地淮阳寄给家乡安陆（今云梦县）的长兄衷的两封家书。杨兆贵、洪嘉琪、陈振豪等所发表的《简论传统家书》[①] 指出，最早的"私信"应是云梦睡虎地 4 号墓秦简"黑夫木牍"两件木牍。其他学者的研究也显示"木牍家书"是我国现存最早的家书。

随着纸张的出现，促进了传统家书的发展。西汉初期出现了早期的纸，然而造纸技术仍不发达，人们主要还是通过竹简和帛书记载文字。由于竹简笨重而帛书成本较高，家书的流行受到了限制，主要出现在士大夫和贵族之间。东汉初期蔡伦改进造纸术，促进纸张的普及，家书逐渐成为传递信息和沟通情感的媒介。而纸张大幅度降低成本并流行起来是在唐朝玄宗时期"竹纸"技术出现后，纸张开始走进寻常百姓家，传统家书也在民间流行起来。

清代、民国时期，随着世界各国交流的深入和交通工具的进步，人们相较于过去有了更多走出家乡的机会，同时由于当时生产技术还相对落后，电话、电报等便捷通信工具还没有广泛应用。因此家书因社会生活的需要而兴盛起来，也涌现出了许多名人家书，如《曾国藩家书》《左宗棠家书》《翁同龢[②]家书》《梁启超家书》《胡适家书》《林纾家书》等。

20 世纪 90 年代后期，传统家书由繁盛逐渐走向衰落。90 年代前，人们与家人或朋友进行信息沟通或者传递情感的主要方式仍然是信件，而且出现了使用信件与陌生人沟通的笔友。90 年代中后期，随着手机和互联网的出现，电子邮件逐渐代替传统书信。尤其是近年来 QQ、微信和智能手机的普及，传统家书逐渐退出历史舞台，年轻一代已经几乎不再采用传统信件的方式来进行沟通。为保护传统文化资源，传承家书文化，一些社会文化人士开始极力呼吁抢救民间家书，并开展了一系列针对传统家书的"文化 120"活动，引起了社会的积极反响和高度关注。

近年来，我国对弘扬优秀传统文化高度重视，把对传统优秀文化价值的认识和挖掘提到了一个新的高度。传统家书被重新重视和认识，在其传承和发展上也出现了转机。一是传统家书已经被纳入了国家中华优秀传统文化传承发展工程，并用于对青少年的培养。二是全国不同机构相继开展了对传统家书的抢救性收藏，征集收藏了大量的传统民间家书。如人民大学在全国首建了家书博物馆，收录了 5 万余封家书。有的机构还建立了线上网站和电子传统家书资源。三是出版了系列经典传统家书，如《曾国藩家书》《梁启超家书》《谢觉哉家书》《革命烈士书信》《抗战家书》《红色家书》等一大批优秀家书作品并成

---

① 杨兆贵，洪嘉琪，陈振豪. 简论传统家书［J］. 才智，2018（14）：195.
② 翁同龢（1830—1904 年），晚清著名政治家、书法艺术家。

为畅销书籍，深受大众喜爱。四是利用电视传媒宣传传统家书，弘扬传承家书文化，其效果及影响力十分显著。如中央电视台的"信·中国"，黑龙江电视台的"见字如面"等家书文化栏目，深受群众的追捧。五是推进了家书文化进校园，在一些高校和中小学开展了家书写作征集评奖和传唱励志活动。有的还在《思想道德修养与法律基础》课程中引入传统家书教育、成立传统家书相关社团，通过阅读经典家书和撰写论文进行家书文化研究，产生了积极的效果。

尽管在对优秀传统文化的呼唤下，家书文化在一定程度上重新回到大众视野，但更多的是对其精华的吸收和借鉴。传统家书要真正融入当代生活，让其具有生命力，更好地传承与发展，还必须适应当代社会和未来发展趋势的需要，结合新的形式与途径，赋予它新的生机与活力。正如习近平总书记指出的："传承中华文化，绝不是简单复古，也不是盲目排外，而是古为今用、洋为中用，辩证取舍、推陈出新，摒弃消极因素，继承积极思想，'以古人之规矩，开自己之生面'，实现中华文化的创造性转化和创新性发展"①。

为此，依据传统家书的形态与特征，结合当代社会生活和文化发展的现状与需求，可以从以下几个方面进行探索与尝试。一是充分发挥电子信息技术便捷、灵活、低成本的优势，利用计算机技术收集、整理、存储传统家书资源，提高家书保管保护的科学性、规范性、高效性和利用率。二是利用计算机及其三维技术，对传统家书进行开发和利用，用仿真手段贴近传统家书的"神"与"形"，以适应现代生活的认知方式和审美需求丰富传统家书的展现形式，扩大其文化意象，以增强家书传播的感染力和亲和力。三是将家书文化与高科技运用有机结合，适应互联网技术发展应用的趋势要求，加强云端家书建设；继承家书充分、完整、细腻表达思想感情和进行家风传承教育的优势，创新计算机呈现方式，变千篇一律的打印体表现形式为更多带有个人特征和个性化色彩的字体、图像和符号等，利用现代信息技术再现家书的温情，力争达到传统家书"见字如面"的效果，使现代家书兼具科学技术和人文力量双重属性，实现家书内容与形式的统一。四是大力加强对青少年的传统家书教育和熏陶，让家书文化的丰富内涵、独特形式和文化魅力得以固化和留存，以利于青少年接受的方式开展家书文化实践活动，构建青少年对家书文化的认同感，让优秀传统文化的价值理念和道德精髓根植青年一代内心，使他们成为中华优秀传统文化的传播者、践行者和创新者，推进中华优秀传统文化代代相传。

---

① 人民网. 习近平谈中华优秀传统文化：善于继承才能善于创新［EB/OL］. 2017－02－13［2017－02－14］. http://cpc.people.com.cn/xuexi/n1/2017/0213/c385476－29075643.html.

　　传统家书从历史一路走来，带着万千家庭厚重的情感寄托、人生感悟和价值追寻，丰富、滋润了中华民族的精神世界，也为中华优秀传统文化留下了一抹亮丽的色彩。在民族生命文化不竭的传承发展中，我们相信传统家书在新时代一定能绽放出新的价值。

第二章 社会主义核心价值观国家层面的价值准则

第一节 社会主义核心价值观国家层面价值准则的内涵

党的十八大报告以 24 个字凝练概括社会主义核心价值观，其中"富强、民主、文明、和谐"作为国家层面的社会主义价值目标，置于"社会主义核心价值观"的首要层面。这不仅是我国社会主义现代化国家的建设目标，而且从价值目标层面上看，国家层面是居于最高层次，具有统领作用。

一、富强的内涵

富强是社会主义现代化建设的基本价值目标。国家富强是促进社会进步、人的自由全面发展的物质基础和制度保障。国家层面提倡的是富强、民主、文明、和谐，其中富强是放在最首位的，这不仅是马克思主义唯物史观中生产力标准的根本要求，也是中华民族的千百年来的共同夙愿，更是中国共产党人毕生的奋斗目标。富强作为国家层面的社会主义核心价值观的首要价值目标，其内涵就是生产力标准和价值标准的统一，在社会主义国家，国家富强是人民富强的重要前提，富强的最终目的是增进人民的自由和幸福，所以说追求人民富裕和国家富强是根本一致的。

二、民主的内涵

民主是中国特色社会主义的本质要求。中华民族在几千年的发展历程中，民本思想一直发挥着重要的作用，一直有"民贵君轻""水能载舟亦能覆舟"等一脉相承的民本思想，可以说，民主是中华民族一直追求的一种价值理念。我们党建立新中国，确定了人民民主专政的国体，人民代表大会制度的政体，为人民民主的实现提供了政治前提和制度基础，也明确指出了我们的民主就是人民民主，本质就是人民当家作主。今天，进入新的历史征程，我们党又提出了两个百年目标，中国特色社会主义将继续高举民主的旗帜，使民主政治展现出更加蓬勃的生命力，创造更美好幸福的人民生活。

三、文明的内涵

文明是社会主义的重要表征。文明不仅是社会进步的重要标志，也是和国家发展的内涵体现。人类进化的历史充分表明，"没有先进文化的积极引领，没有人民精神世界的极大丰富，没有全民族创造精神的充分发挥，一个国家、一个民族不可能屹立于世界先进民族之林"。文明不仅是社会个体素养的表征，也是一个民族、一个国家的内涵体现。中华民族泱泱大国几千年的文明让中华民族在很长的历史长河中都屹立于世界先进民族之林，在新的历史征程上，我们党也将文明作为社会价值观的重要组成内容，将文明上升到兴国之魂的高度。社会主义文明作为人类发展史上一种新型的文明，是对面向现代化、面向世界、面向未来的、民族的科学的大众的社会主义文化的概括，是实现中华民族伟大复兴的重要支撑。

四、和谐的内涵

和谐是中国特色社会主义的本质属性。在中国，和谐自古以来就是中华文明遵循的核心价值理念，既是中华民族的优秀传统，也是中国共产党执政兴国的一贯诉求。和谐作为社会主义核心价值观的重要组成部分，其具体内涵包括：一就一般事物而言，和谐是事物存在的一种辩证关系的积极展现；二就社会形态的特征而言，和谐是中国特色社会主义的本质属性；三就人类历史的未来发展而言，和谐世界是人类的共同价值追求。和谐自古以来，就是中华民族的价值追求，在中国传统文化的基本理念中，包含了"学有所教""劳有所得""病有所医""老有所养""住有所居"的所有内容。在新的历史时期，和谐更是社会主义现代化国家建设的价值诉求，是经济社会持续健康发展的重要保证。

神州百年，沧海横流。魏征在《谏太宗十思疏》中说："求木之长者，必固其根本；欲流之远者，必浚其泉源；思国之安者，必积其德义。"当代中国，将亿万中国人凝聚在一起的"根本"、推动我们不断前行的动力"泉源"是什么？那就是实现国家富强、民族振兴、人民幸福的中国梦。正因如此，我们才将"富强、民主、文明、和谐"作为国家层面的社会主义价值目标，并将之置于"社会主义核心价值观"的首要层面。简单地讲，"富强、民主、文明、和谐"的价值目标就是要使我们国家在经济建设上越来越富强，政治建设上越来越民主，文化建设上越来越文明，社会建设上越来越和谐。这一核心价值观集中体现了当代中国人民努力实现中华民族伟大复兴的共同愿景，是一个鼓舞士气、凝聚共识、激发活力的价值目标。

第二节　社会主义核心价值观国家层面价值准则与传统文化的关系

一、富强与传统文化的关系

"富强"，即国富民强，在中国传统文化之中是非常显著的概念。中国古代思想家最早开始推崇"凡治国之道，必先富民"的观念。《论语·颜渊》有云："百姓不足，君孰与足？"说明孔子已经认识到了百姓生活水平与国家治理之间的密切联系。《管子·形势解》云："主之所以为功者，富强也。故国富兵强，则诸侯服其政，邻敌畏其威。"强调了物质充足、整体实力强大才是一个国家繁荣昌盛、长治久安的重要保证。《管子·治国》亦载"民富则易治也，民贫则难治也"，进一步揭示了人民群众的富足是国家强盛、安定团结的必要准备。改革开放以来，我国经济迅速发展，朝着中华民族伟大复兴的中国梦迈进，将富强纳入社会主义核心价值观，体现了对传统文化的继承与发展，是国家建设的重要目标和人民的美好愿望。

二、民主与传统文化的关系

"民主"思想在中华民族的传统文化中是源远流长的。古代中国就已经提出"民贵君轻""君舟民水""民主君客"等关于"民主"的政治思想。在《尚书·五子之歌》中，讲到"皇族有训：民可近，不可下。民惟邦本，本固邦宁"。《荀子·哀公》也讲到，"君者，舟也；庶人者，水也。水则载舟，水则覆舟"。意思都是指，上位者要尊重群众，要重视人民群众的重要作用，要把人民群众的根本利益放在第一位，顺应民心。中国特色社会主义进入新时代，在中华优秀传统文化中的民本思想的继承与发展上，提出"民主"核心价值观，高度重视民主政治的建设发展，致力于维护和保障最广大人民群众的根本利益，为广大人民群众谋福利，带领全国人民创造美好幸福生活。

三、文明与传统文化的关系

"文明"是社会进步的重要标志，凝结着广大人民群众的智慧，体现着社会发展进步的积极状态。《易经》中贲卦的象辞道："观乎天文，以察时变；观乎人文，以化成天下。"把自然和人文做了剖析，这是古人对文明最早的解读。人类的进化史，从某种意义讲，就是文明的进化史。《论语·雍也》有"质胜文则野，文胜质则史。文质彬彬，然后君子"，《论语·季氏》有"不学礼，无以立"的说法，意指只有心思沉稳、温柔敦厚的人才能成为君子。从这些传统典籍可以看出，中华民族一直以来对人文的重视程度，对风俗礼节、人伦秩序、礼义廉耻都有深入的研究，用文明约束着人们的行为，推进中华民族的不断繁荣昌盛。今天的中华民族，要屹立在世界之林，就要不断提升文明建设，不断提升国家软实力，继续弘扬"文明古国、礼仪之邦"的文明传统。

四、和谐与传统文化的关系

"和谐"一直是中国传统文化中流量最大的关键词。和谐，在我国古代就是求同存异、共存共生的意思。庄子提倡和谐境界，孔子的"礼之用，和为贵""和而不同"，老子主张"万物负阴而抱阳，冲气以为和"等，这些都体现了我国古代对和谐思想的推崇。可以说，和谐是中华民族一直以来的价值追求，是人民幸福生活的一个重要表征。习近平总书记提出构建人类命运共同体，同样体现了中华优秀传统文化中的尚和之道。

第三节　社会主义核心价值观国家层面价值准则在传统家书中的体现

一、富强篇

【家书摘编】

日人无理要求之款至二十余，令人不复可耐。然不耐亦无法。一二月内必有变相，临难而去，父所不为。到此地位，只有静观其变，以义处之而已。儿须知无子弟不可为家，无人才不可为国。努力学问，厚养志气，以待为国雪耻……

民国四年二月二日

居今之世，若无学问、常识、声望，如何能见重于人，如何能治事，如何能代父？故不得不使儿阅历辛苦，养成人格，然后归而从事于实业、教育二途，以承父之志，此父之苦心也。

三月卅一日

父今日之为大局，为公益，皆儿他日之基本，惟须儿承受此基本耳。

八月廿三日

男子重自立，父母会有尽。

儿其自砺，成人之基在是。

正月廿八日

儿能做者，须自己做，切勿习懒。

闰二月十七日
（摘自张謇致儿子张孝若的信①）

【家书简析】

张謇（1853—1926 年）是我国清末民初的实业家、教育家、政治家，他主张"实业救国"，是中国棉纺织领域的早期开拓者，一生建立了 370 多所学

---

① 本书编委会. 张謇全集［M］. 上海：上海辞书出版社，2012.

校，创办了20多家企业，为教育事业的发展和中国近代民族工业的兴起都做出了卓越贡献。作为一名父亲，他给其子张孝若写了138封亲笔家书，贯穿了"立国""自强""救贫"的抱负，拳拳之心，令人动容。其子张孝若10岁便外出读书，父子俩见面机会很少，所以张謇通过家书把对儿子的关心、教育、思念传递给他。

从家书的字里行间可以看出，张謇对儿子的良苦用心跃然纸上，他深知"国富则民安，民富则国强"的道理，希望儿子能将"实业救国"和"教育兴国"继续延续下去，要有"天将降大任于斯人也"的忧患意识与使命担当，用实际行动诠释家国一体的概念，不辜负黎明众生。百业待兴，只有一代又一代人的奋力拼搏与不懈追求，才能为人民、为社会、为国家打造出未来的美好蓝图。

天下兴亡，匹夫有责。从家书内容可以看出张謇所处的时代是内忧外患的时代，面对国难，张謇挺身而出，义无反顾。他要求儿子努力学习，报效祖国。当然其儿子张孝若牢记父亲嘱托，20岁留美归国，先后任大生纱厂董事长、大达轮船公司总经理、淮南盐垦公司常务董事长，为振兴一方经济倾尽全力，为国家富强贡献一生。

【家书摘编】

志学内子妆鉴：

新秋入序，暑气渐消，尤以夜间气爽，想皖地谅亦同此景象耳。沪战闻我军连日胜利，敌方大有恼羞成怒之势。昨日报载，又由日运来援军五万余口，果尔，则二次大战即将爆发。同时又据报载，上海汇山码头为我军占领，敌人虽有大部援军，无法登陆，虽多众无以为。我等刻仍在此间休息，如沪寇日内再不解决，或即参加战斗也。前函家用账目由你管理，望即实行，无得疏忽，此为最要紧之事。保、亚、浙等儿辈均好吗？甚念。

特此，敬颂
时祺

洁宜于常州洪庙
八月十一日上午七时

志学内子妆鉴：

连日致书谅已躬览，先后汇带之款前函所述办法，务希切实作到，是为至盼。我等于本日仍在此间休息，因沪上连日胜利且战区狭，不能使用巨大兵力故也。周难（指蔡的勤务兵——编者注）于此次过汉，乘机潜逃，此人瘦弱无忠骨，所以不可靠。殊不知国难至此已到最后关头，国将不保，家亦焉能存在？如到皖不得令其居住。慕兰（指长女）之事时在念中，望设法促成，以免我一件顾虑。老八（指幼子浙生）资质甚佳，我颇爱之，希注意保育为要。专此，敬颂

时祺

洁宜手启①

八月二十二日于常州城北之洪庙上午八时半发

又：姑母近来有信否？如无信来，再者本（月）廿二日晚八时我彼等恐不在原地，汇款注意，等到苏州去。

（摘自蔡炳炎致妻子赵志学的信②）

【家书简析】

蔡炳炎（1902—1937年），安徽合肥人，著名抗日将领。1937年抗日战争爆发时，任国民党陆军第十八军67师201旅少将旅长。

这两封炮火硝烟中的亲情家书写于1937年，是蔡炳炎将军淞沪会战前写给夫人赵志学的亲笔信，表明自己甘愿为抗战而死的决心以及对妻儿的挂念。这两封绝笔信的家书，情真意切，句句凿心，让人潸然泪下。搁笔56个小时之后，蔡炳炎即在与日军的拼杀中英勇殉国。"国难至此已到最后关头，国将不保，家亦焉能存在？"写完自己对国家的心意后，最后表达了对妻儿深切的想念，家国情怀力透纸背。

"风萧萧兮易水寒，壮士一去兮不复还"，这种时刻准备着为国献身的精神通过一封家书展现得淋漓尽致，也激励着无数籍籍无名的人甘愿为了中华民族之崛起而舍生忘我，奉献一生。在蔡将军的家书里，提到了因连日胜利所以兵力需要休养生息，喜悦之情溢于言表，同时还提到了一个叛兵，斥责其"无忠骨""不可靠"，这和其后他所表达的"殊不知国难至此已到最后关头，国将不保，家亦焉能存在？"这句话形成鲜明的对比。这表明了蔡将军是一个有忠骨且极其可靠的人，国家危难之际，他没有选择明哲保身和懦弱叛变，而是选择了"生当作人杰，死亦为鬼雄"的坦荡人生。他明白，有国才有家，只有国家强大起来，人民才能站得稳、立得正，所以发此呐喊，"或重于泰山，或轻于

① 宸冰. 中国家书家训［M］. 沈阳：辽宁人民出版社，2019.
② 张丁. 抗战家书［M］. 北京：中国画报出版社，2007.

鸿毛"，肝胆两相照。

蔡炳炎将军去世后的碑文上面写着：少怀壮志，才识超群；东征北伐，屡建功勋；抗倭救国，喋血淞沪；江淮俊杰，黄埔精英；蜀陵长眠，青史垂名。这是他一生人生价值永远留存于世的痕迹。

【家书摘编】

三叔：

您好！

近来身体好吗？工作忙吧？精神愉快吧？生活过得怎样呢？一切都好吗？因我任务繁重，时间紧迫，很久没给你写信，对不起，请原谅吧！

由于党和上级首长对我的重视，要把我培养成为一个党所要求的又红又专的共产主义接班人，因此，对我的成长和进步特别关心，曾调我到外地学习，以提高我的政治觉悟和理论水平……

由于党的培养教育，同志们的帮助，加上自己在实践中的刻苦锻炼，使我的工作、学习军事技术等各方面都有很大的提高和进步。……从 3 月 16 日起到今天为止，我驾驶的汽车已安全行驶了 4000 多公里，没发生事故，圆满地完成了各项运输任务，我决心继续努力，争取更大的成绩。

（摘自雷锋致三叔雷明光的信[①]）

【家书简析】

这是珍藏在湖南雷锋纪念馆档案室里，雷锋写给其三叔的一封家书。在雷锋心中，三叔雷明光就如同一位可亲可敬的父亲，他在信中表达了对亲人浓浓的牵挂和感恩之情。在雷锋同志生活的那个年代，国家风雨飘摇，社会动荡，民不聊生，而他却怀揣"海内存知己，天涯若比邻"的胸襟和"全心全意为人民服务"的使命，努力践行着作为共产党员应有的初心——为人民谋幸福，为民族谋复兴，始终肩负"保家卫国"的责任感，在这封"报喜不报忧"的家书中同胜似父亲的三叔一同分享他奋斗的耕耘与收获，喜悦与成长。雷锋 7 岁成为孤儿，从小在其三叔家长大成人，所以他更懂得感恩和善待他人，才有了至今为止所倡导的"螺丝钉精神"。

透过这封家书，雷锋同志的精神世界跳动其间，我们也能更好地理解他说

---

① 中央纪委国家监委网站. 我决心继续努力，争取更大的成绩——雷锋同志的家书［EB/OL］. 2019－03－05［2019－03－05］. http://www.ccdi.gov.cn/yaowen/201903/t20190305_189921.html.

的"我活着就是为了使别人过得更美好"这句话的深刻内涵，这句话鼓舞着当代每一个人要尽自己所能去回馈社会和国家。每一个国是由千千万万个家组成，每一个家是由每一个个体组成，国家的富强需要每一个个体的富强，而每一个个体的富强更是离不开国家的发展与前进，"皮之不存，毛将焉附?"，雷锋的这封家书便是那个年代"家国共存"的有力写照。不管身处何时何地，每一个人都应和国家兴荣共振，学习雷锋同志无私奉献、爱岗敬业、锐意进取、艰苦奋斗的高贵品质，以自身的奋斗来致谢时代的崛起和国泰民安。

【家书摘编】

为了故乡的父老兄弟姐妹的生产事业能出点力，倒是我乐意做的。66年我回家省亲时发现，耕作方法还是靠人力与牛力，除了县里做了十个水库，有部分自流灌溉而外，新式生产工具如抽水机、拖拉机是一无所有，……。今年早稻丰收，可喜可贺，晚稻情况如何? 望告。

……

一切事物都在变动中发展，从变动方面似乎是假的，从发展来看是有真的，所以一概而论是不正确的。你要建立一个中心思想。我介绍你读的三本书，你尽可能找到看几遍，毛选也要看一遍之后，再选择你认为感兴趣的，细读熟读，可能有理解不透的可以来信我尽可能帮助你。能有时间读书真是幸福! 不过人生一世有限，望能多读书更要读用世的书，青少年总要有自己的创造。高中是学习自然科学的阶段，望努力以赴。

（摘自包惠僧①致侄儿及侄外孙的信②）

【家书简析】

中共一大代表包惠僧给其侄儿及侄外孙共写了88封家书，囊括了对亲人故里的眷恋、对晚辈的期望以及对家乡发展的关心等。家书的一言一语中尽显包惠僧同志深厚的家国情怀，他时刻牵挂着家乡的农业生产，希望能使家乡的农业早日实现机械化生产，以夯实国家泱泱"农业大国"的基础。同时，他还在家书中教导晚辈要加强学习和锻炼，树立正确的世界观、人生观和价值观。

可以看出，他一直在鼓励晚辈要为社会主义建设而努力学习，要为人民幸福生活而鞠躬尽瘁。这样一个高尚的人，一个爱学习的人，一个将家乡事业、

---

① 包惠僧（1894—1979年），别名鲍一德、包生，号栖梧老人，湖北黄冈人，中共一大代表。
② 周清. 包惠僧家书征集所见所思 [J]. 湖北档案，2007（6）：8-8.

人民幸福、社会安定时刻铭记于心的人，是当之无愧的榜样。

【家书摘编】

意映卿卿如晤：

吾今以此书与汝永别矣！吾作此书时，尚是世中一人；汝看此书时，吾已成为阴间一鬼。吾作此书，泪珠和笔墨齐下，不能竟书而欲搁笔。又恐汝不察吾衷，谓吾忍舍汝而死，谓吾不知汝之不欲吾死也，故遂忍悲为汝言之。

吾至爱汝，即此爱汝一念，使吾勇于就死也！吾自遇汝以来，常愿天下有情人都成眷属；然遍地腥云，满街狼犬，称心快意，几家能彀？司马青衫，吾不能学太上之忘情也。语云仁者"老吾老以及人之老；幼吾幼以及人之幼"。吾充吾爱汝之心，助天下人爱其所爱，所以敢先汝而死，不顾汝也。汝体吾此心，于啼泣之余，亦以天下人为念，当亦乐牺牲吾身与汝身之福利，为天下人谋永福也。汝其勿悲！

汝忆否？四五年前某夕，吾尝语曰："与使吾先死也，无宁汝先我而死。"汝初闻言而怒，后经吾婉解，虽不谓吾言为是，而亦无词相答。吾之意盖谓以汝之弱，必不能禁失吾之悲，吾先死留苦与汝，吾心不忍，故宁请汝先死，吾担悲也。嗟夫！谁知吾卒先汝而死乎？

吾真真不能忘汝也！回忆后街之屋，入门穿廊，过前后厅，又三四折，有小厅，厅旁一室，为吾与汝双栖之所。初婚三四个月，适冬之望日前后，窗外疏梅筛月影，依稀掩映；吾与并肩携手，低低切切，何事不语？何情不诉？及今思之，空余泪痕。又回忆六七年前，吾之逃家复归也，汝泣告我："望今后有远行，必以告妾，妾愿随君行。"吾亦既许汝矣。前十余日回家，即欲乘便以此行之事语汝，及与汝相对，又不能启口，且以汝之有身也，更恐不胜悲，故惟日日呼酒买醉。嗟夫！当时余心之悲，盖不能以寸管形容之。

吾诚愿与汝相守以死，第以今日事势观之，天灾可以死，盗贼可以死，瓜分之日可以死，奸官污吏虐民可以死，吾辈处今日之中国，国中无地无时不可以死。到那时使吾眼睁睁看汝死，或使汝眼睁睁看吾死，吾能之乎？抑汝能之乎？即可不死，而离散不相见，徒使两地眼成穿而骨化石，试问古来几曾见破镜能重圆？则较死为苦也，将奈之何？今日吾与汝幸双健。天下人不当死而死与不愿离而离者，不可数计，钟情如我辈者，能忍之乎？此吾所以敢率性就死不顾汝也。吾今死无余憾，国事成不成自有同志者在。依新已五岁，转眼成人，汝其善抚之，使之肖我。汝腹中之物，吾疑其女也，女必像汝，吾心甚慰。或又是男，则亦教其以父志为志，则吾死后尚有二意洞在也。幸甚，幸

25

甚！吾家后日当甚贫，贫无所苦，清静过日而已。

吾今与汝无言矣。吾居九泉之下遥闻汝哭声，当哭相和也。吾平日不信有鬼，今则又望其真有。今人又言心电感应有道，吾亦望其言是实，则吾之死，吾灵尚依依旁汝也，汝不必以无侣悲。

吾平生未尝以吾所志语汝，是吾不是处；然语之，又恐汝日日为吾担忧。吾牺牲百死而不辞，而使汝担忧，的的非吾所忍。吾爱汝至，所以为汝谋者惟恐未尽。汝幸而偶我，又何不幸而生今日中国！吾幸而得汝，又何不幸而生今日之中国！卒不忍独善其身。嗟夫！巾短情长，所未尽者，尚有万千，汝可以模拟得之。吾今不能见汝矣！汝不能舍吾，其时时于梦中得我乎？一恸。

辛未三月廿六夜四鼓，意洞手书。

家中诸母皆通文，有不解处，望请其指教，当尽吾意为幸。

（摘自林觉民致妻子陈意映的信①）

【家书简析】

1911年4月24日晚，清朝末年革命烈士林觉民给妻子陈意映写上了一封绝笔信，就是这封《与妻书》。在这封信里，林觉民表达了对妻子的爱，但更多的笔墨是对国家、对人民更为深层的爱恋。他将小家和大家，夫妻、家庭和人民、国家紧紧地联系在一起，阐述一个深刻的道理，没有国家就没有小家，没有人民的幸福就不可能有个人的真正幸福。

这封信不只是一封简单的与爱妻的家书，更是一个革命烈士的真实写照。中国历史上，正是许许多多的革命烈士，为了祖国的强盛，为了给人民的幸福生活，他们抛头颅、洒热血，用生命诠释了"为天下人谋永福"的崇高信念。

【家书摘编】

无法想象，没有您的英语启蒙，在一片闭塞中，我怎么能够用英语阅读世界上最先进的科学文献，用超越那个时代的视野，去寻访遗传学大师孟德尔和摩尔根？无法想象，在那个颠沛流离的岁月中，从北平到汉口，从桃源到重庆，没有您的执著和鼓励，我怎么能够获得系统的现代教育，获得在大江大河中自由翱翔的胆识？

无法想象，没有您跟我讲尼采，讲这位昂扬着生命力、意志力的伟大哲人，我怎么能够在千百次的失败中坚信，必然有一粒种子可以使万千民众告别

---

① 王爽，裴颖. 中国家书 [M]. 海口：海南出版社，2020.

饥饿？他们说，我用一粒种子改变了世界。我知道，这粒种子，是妈妈您在我的幼年时种下的！

（摘自袁隆平致母亲的信①）

【家书简析】

这是"杂交水稻之父"袁隆平先生袁隆平 80 岁时写给母亲的信，将自己心中最伟大的"禾下乘凉梦"诉说为对母亲深深的思念之情。他将自己的一生都倾注在人民最紧要的"食"上面，以满腔热血和昂扬斗志为中华民族的伟大复兴编织了一个又一个梦想。

袁老一直在将国富民强的梦想付诸实践。在他的梦里，水稻长得比高粱还高，穗子比扫把还长，穗粒儿比花生米还大，而我们就在稻穗下遮阴乘凉。

一个人的念兹在兹与一个社会的充足富裕相辅相成，一个人的个人价值和一个时代的发展进步相得益彰，就在这样的自主意识和自觉追求中，无数的人共同成就出了最美丽、最崇高的"中国梦"。

还有千千万万的"造梦者"，他们将对国家的热忱、对民族的希望、对人民的热爱编织到自己的梦想中，用家书的形式把希望传递给一代又一代人。

曾国藩将对国家的"富强梦"诉诸家人应如何以身作则，"为官莫做名利双收之想，勤廉二字，系为政之本……要以'廉'字自律。'廉'则己身与随从之众一尘不染，自无蒙蔽偏祖之虞。"

梁雷②在给其朋友姚雪垠的家书中写道："到家乡去，大干起来，我们要不负这伟大的时代啊！"他鼓励朋友要继续探寻真理，要努力追求中国的变革与进步，找到正确的信仰与道路，那就是让国家变得富强。

福建省海澄县抗日英烈高捷成③在写给叔父的信中说到，"在这六年中东西奔波，南北追逐，历尽一切千辛万苦，雪山草地，万里长征，在所不辞！……志向所趋，海浪风波在所难阻。"他誓死不当亡国奴的强烈民族自尊心，也代表了共产党人勇赴国难、百折不挠的崇高革命精神。在这样的感召下，革命薪火生生不息，抗战精神代代相传，国家富强指日可待。

第五战区右翼集团军兼第三十三集团军总司令张自忠④在写给部下弟兄们

---

① 姚昆仑. 袁隆平传 [M]. 北京：中国地图出版社，2018.
② 梁雷（1913—1938 年）河南人，中共党员，抗战烈士。
③ 高捷成（1909—1943 年），福建省龙溪海澄县人，冀南银行总行行长，新中国晋冀鲁豫边区金融事业的奠基人。民政部公布第一批著名抗日英烈。
④ 张自忠（1891—1940 年），山东临清人，抗日名将、民族英雄。

的家书中说道，"更相信，只要我等能本此决心，我们国家及我五千年历史之民族，决不致亡于区区三岛倭奴之手。为国家民族死之决心，海不清，石不烂，决不半点改变。"他把保护国家的完整与富强化作坚贞不屈的信念与行动。

陶行知①在写给母亲的家书中说道："儿从母亲寿辰立志，决定要在这一年当中，于中国教育上做一件不可磨灭的事业，为吾母庆祝并慰父亲在天之灵。儿起初只想创办一个乡村幼稚园，现在越想越多，把中国全国乡村教育运动一齐都要立它一个基础。儿现在全副的心力都用在乡村教育上，要叫祖宗及母亲传给儿的精神都在这件事上放出伟大的光来。儿自立此志以后，一年之中务求不虚度一日；一日之中务求不虚度一时：要叫这一年的生活，完全的献给国家，作为我父母送给国家的寿面，使国家与我父母都是一样的长生不老。"他将祖国视为和父母一样重要的位置，终其一生通过教育事业来强国富国，正如他所说："国家是大家的，爱国是每个人的本分。"所以兢兢业业，一辈子为国家的教育事业"传道授业解惑"。

尽管每一封家书的时代不同、背景不一，但都承载着同一个梦想：希望国富民强、国泰民安，这也是中华民族梦寐以求的美好夙愿，是国家繁荣昌盛、人民幸福安康的物质基础。"中国铁路之父"詹天佑曾说："各出所学，各尽所知，使国家不受外侮，足以自立于地球之上。"只有所有人共同努力奋斗，才能创造繁荣昌盛的国家，才能回馈所有人的奋力拼搏。

二、民主篇

【家书摘编】

玉不琢，不成器；人不学，不知道。然玉之为物，有不变之常德，虽不琢以为器，而犹不害为玉也。人之性，因物则迁，不学，则舍君子而为小人，可不念哉。

——（北宋）欧阳修《欧阳永叔集·诲学说》②

自南方多事以来，日夕忧汝。得昨日递中书，知与新妇诸孙等各安，守官无事，顿解远想。吾此哀苦如常。欧阳氏自江南归明累世，蒙朝廷官禄，吾今

---

① 陶行知（1891—1946 年），安徽省歙县人，中国人民教育家、思想家，伟大的民主主义战士，爱国者，中国人民救国会和中国民主同盟的主要领导人之一。

② 魏舒婷. 传统家训［M］. 合肥：黄山书社，2012.

又被荣显，致汝等并列官裳，当思报效。偶此多事，如有差使，尽心向前，不得避事。至于临难死节，亦是汝荣事，但存心尽公，神明亦自祐汝，慎不可思避事也。昨书中言：欲买朱砂来。吾不阙此物。汝于官下宜守廉，何得买官下物。吾在官所除饮食物外，不曾买一物，汝可观此为戒也。已寒，好将息。不具。吾书送通理十二郎。

《与十二侄》

（摘自欧阳修致儿子欧阳奕及侄儿的信①）

【家书简析】

欧阳修（1007—1072 年），北宋著名的思想家、政治家、文学家。为官 40 余载，毕生刚直不阿，逝世后被赐谥号为"文忠"。这两封家书是写给其子侄的。

一封家书《诲学说》是写给其次子欧阳奕的，凝聚了他对儿子的心血——好好做人，磨砺品格。这封家书的开头就是"玉不琢不成器"，寓意对照"玉"与"人"，告诫其子务必严格要求自己。纵观欧阳修的一生，他受其父与其叔影响颇深，为官清廉，为民着想，这为他的仕途理念打下了良好的基础。他在信中提到"不学则舍君子而为小人"，这是他对其子最殷切的寄托，因为成为一个君子是欧阳修的毕生目标，为人处世宽厚豁达，为官处事认真慎微，为民爱命之心令无数人难以望其项背。所以他希望他的儿子也能继承到他的精神和情怀，一生廉政，坚强不屈，爱民如子。

另一封家书《与十二侄》是写给其侄儿的。欧阳修写这封家书的时候正在为其母亲守孝，亦母亦师的关系对欧阳修的影响极大，尤其是其母勉励他要不为身家所累而坚守正道，所以他也教导侄儿要继承清正的家风。一是要为国效忠，要勇往直前，舍身事国。二是教导其侄儿要清廉慎微，在廉政面前，即使身处逆境，也要赴汤蹈火、在所不惜。从这两封家书可以看出，欧阳修作为长辈，始终告诫子侄们要将国家和人民放在首位，要爱国利民，对后辈成长成才的关爱与教导可见一斑。

【家书摘编】

我是有两个世界的：一个世界一切都是属于你的，我是连灵魂都永禁的俘虏；在另一个世界里，我是不属于你，更不属于我自己，我只是历史使命的走卒。假使我要为自己打算，我可以去做禄蠹了，你不是也不希望我这样做吗？

---

① 张春林. 苏轼全集下 [M]. 北京：中国文史出版社，1999.

……我何尝不知道：我是南北飘零，生活日在风波之中，我何忍使你同入此不安之状态。所以我决定：你的所愿，我将赴汤蹈火以求之；你的所不愿，我将赴汤蹈火以阻之。不能这样，我怎能说是爱你！从此我决心为我的事业奋斗，就这样飘零孤独度此一生，人生数十寒暑，死期忽忽即至，奚必坚执情感以为是。你不要以为对不起我，更不要为我伤心。

（摘自高君宇致革命恋人石评梅的信①）

【家书简析】

中国早期政治活动家、理论家高君宇，在看到残破不堪的社会时，在北大学习期间就立志参加马列主义，为共产党的革命事业倾注了一生的心血。他在病逝的前一年给同样投身于革命事业的恋人石评梅写了一封看似"情书"实则是满怀"坚守初心、担当使命的革命精神"的家书。

读完这封"情书"，我们看到了爱情，看到了高君宇对恋人石评梅的深情挚爱，但感受到的却是高君宇坚守初心的革命历程，为了崇高理想而割舍亲情爱情，舍生取义，雕刻出"担当使命"的精神路标，天地英雄气，千秋尚凛然。他告诉石评梅，他的一个世界属于她，但他的另一个世界却不属于她，也不属于他自己，而是属于中国革命的伟大事业，属于千千万万的劳苦大众。"弱水三千，只取一瓢"，在那个动荡不安的年代，高君宇一个正当青春年华的青年，毅然决然地坚定了自己所要走的道路，为了国家完整强盛，为了人民民主平等，他舍弃了"小家"，选择了"大家"，作为五四运动的引领者，他用自己最美好的青春，谱写出了那个时代的青春赞歌。他救国救民的精神品质，在任何一个时代都不会过时。

"我是宝剑，我是火花，我愿生如闪电之耀亮，我愿死如彗星之迅忽。"这是高君宇写在自己照片上的一首言志诗，也是他短暂而光辉的一生的真实写照，为党为民，肝脑涂地，所向披靡，死而后已。

【家书摘编】

总要在社会上常常尽力，才不愧为我之爱儿。人生在世，常要思报社会之恩，因自己地位做得一分是一分，便人人都有事可做了。……

人生之旅途历途甚长，所争决不在一年半月，万不可因此着急失望，招精神上之萎蒉。汝生平处境太顺，小挫折之磨练德性之好机会，……

---

① 齐明月. 民国印象 唯有时间懂得爱 [M]. 北京：中国言实出版社，2015.

处忧患最是人生幸事，能使人精神振奋，志气强立。两年来所境较安适，而不知不识之间德业已日退，在我犹然，况于汝辈，今复还我忧患生涯，而心境之愉快视前此乃不啻天壤，此亦天之所以玉成汝辈也。使汝辈再处如前数年之境遇者，更阅数年，几何不变为纨绔子哉。

（摘自梁启超致儿子梁思成的信①）

【家书简析】

梁启超（1873—1929年），中国近代思想家、政治家、教育家、史学家、文学家，他倡导新文化运动，支持五四运动，一生致力于中国社会的改造，为了民族强盛和国家繁荣，竭力呐喊，四处奔走，付出了几乎全部的心血。他作为自立自强的民族脊梁，以关怀和关爱之心抚养和引导子女，成就了至今仍津津乐道的"梁氏家风"。

习近平总书记强调，天下之本在家，要以千千万万家庭的好家风支撑起全社会的好风气。尤其在当今时代背景下，重视和提倡家教家风建设，传承优良家风显得尤为重要，所以梁启超写给其子女的家书中所体现出来的"梁氏家风"至今依然有着不可或缺的借鉴意义。

梁启超素来坚持清白素寒的家风，从他写给他两个儿子的家书中可以看出他对子女的谆谆教诲与循循善诱，告诫他们要以自立自强的精神品格对待逆旅，同时他还以身作则，强调人生的价值在于对社会、对人民的奉献，以家国天下、以民为本的关怀之情感染子女，也由此形成了"爱国向学"的优良家风。

在"何为家国社会？何为有用之人？"的问题上，梁启超还在家书中写道，"总要在社会上常常尽力，才不愧为我之爱儿。人生在世，总要思报社会之恩，因自己地位做得一分是一分，便人人都有事可做了。"他言传身教，教导子女要做一个对家国对社会有用的人，要做一个感恩和谦卑的人，这种家风教育其实和他所提倡的爱国、民主密切相关。梁启超在家书中表达了自己对子女的殷切期望，也畅想着对国家的憧憬，希望中国是一个和平、民主的国家。如今，我们生活在这样一个和平、民主、自由的中国，再回首过去，峥嵘岁月，更是要感恩先辈们的"不放弃、不抛弃"。"大知闲闲，小知间间"，梁启超的家书传递给我们的，千言万语道不尽，只缘身在此山中。

---

① 梁启超，韦少雯. 梁启超教子家书［M］. 福州：福建教育出版社，2013.

三、文明篇

【家书摘编】

夫君子之行，静以修身，俭以养德。非淡泊无以明志，非宁静无以致远。夫学须静也，才须学也，非学无以广才，非志无以成学。淫慢则不能励精，险躁则不能治性。年与时驰，意与日去，遂成枯落，多不接世，悲守穷庐，将复何及！

《诫子书》

夫志当存高远，慕先贤，绝情欲，弃凝滞，使庶几之志，揭然有所存，恻然有所感；忍屈伸，去细碎，广咨问，除嫌吝，虽有淹留，何损于美趣，何患于不济。若志不强毅，意不慷慨，徒碌碌滞于俗，默默束于情，永窜伏于凡庸，不免于下流矣！

《诫外甥书》

（摘自诸葛亮致儿子和外甥的信①）

【家书简析】

三国时期蜀汉丞相诸葛亮，一生"鞠躬尽瘁，死而后已"，营造了他那个时代廉政奉公、公开公平的良好氛围。《大学》说："大学之道，在明明德，在亲民，在止于至善。"诸葛亮在留给后人的两封家书中，将自己修身养性的道理贯穿其中，倾注了自己对后辈们真诚的关怀与无私的教诲。

一封家书是他写给儿子的家书——《诫子书》，整封家书围绕一个"静"字展开，短短 86 个字，言简意赅，文字清新雅致，不事雕琢，说理平易近人，层层递进，是诸葛亮对于其子为学做人精简而具体的忠告。开篇就提出"静以修身，俭以养德"和"非淡泊无以明志，非宁静无以致远"的千古绝唱，奠定了整封家书的总基调：告诫儿子要做一个君子。《论语·雍也》有云："质胜文则野，文胜质则史。文质彬彬，然后君子。"要成为一个君子，务必内外兼修才行，诸葛亮开篇就对其子提出了成为君子的目标，不仅是表达对儿子的诚挚期望，更是对儿子的无比信任，他相信他的儿子能够成为君子，才讲君子之行，这种信任，其实就是一种正向的文明力量。其次，他告诉其子要成为君子

---

① 诸葛亮. 诸葛亮集［M］. 北京：中华书局，1960.

应该具体做什么，包括"静以修身，俭以养德""非淡泊无以明志，非宁静无以致远""学须静也，才须学也""非学无以广才，非志无以成学""淫慢则不能励精，险躁则不能治性"等，这些具体做法突显出诸葛亮作为父亲对自己儿子所寄予的厚望。身心合一，勤俭克制，淡泊名利，提高心性，立志好学，张弛有度，有条不紊，这些都是一个人要成为君子必须具有的品质，也是每一个时代文明所具有的鲜明标记。但是，如果你自甘堕落，不思进取，那么你就只能"少壮不努力，老大徒伤悲"了，更无法成为真善美的传播者和修行者。

诸葛亮的另一封家书是写给他外甥的家书——《诫外甥书》。若说《诫子书》强调了修身学习的重要性，那么《诫外甥书》则强调了立志做人的重要性。诸葛亮在开篇便指出做人应抱有远大的志向，那么如何才能做到"志存高远"呢？诸葛亮在家书后面部分给出了具体的答案。先是正面论述，"慕先贤，绝情欲，弃凝滞，使庶几之志，揭然有所存，恻然有所感"以及"忍屈伸，去细碎，广咨问，除嫌吝，虽有淹留，何损于美趣，何患于不济"，这即是说，要以古代先贤作为榜样，站得高才能看得远，这样才能树立高远的志向，一个人一旦有了志向，还要做到能屈能伸、随遇而安，心胸开阔、海纳百川，这样才能融入社会，不会被时代所抛弃。那么反之则只能随波逐流，在平庸中耗尽一生，也就是诸葛亮所提出的"若志不强毅，意不慷慨，徒碌碌滞于俗，默默束于情，永窜伏于凡庸，不免于下流矣！"，他通过正面和反面的阐述将立志做人的内涵传递给外甥，这在当今时代也是值得推崇的做法，是一个社会文明高度发展的契机。所以放眼当下，一个人只有志存高远，意志坚定，再缜密思考，付诸行动，才有可能在日趋激烈的社会竞争中取得成功，在现代文明高度发达的今天突破自我。

【家书摘编】

尝谓独也者，君子与小人共焉者也。小人以其为独，而生一念之妄……君子懔其为独而生一念之诚。……

整齐严肃，无时不惧。无事时，心在腔子里。应事时，专一不杂。清明在躬，如日之升。

君子之立志也，有民胞物与之量。

勤则寿，逸则夭，勤则有材而见用，逸则无劳而见弃，勤则博济斯民而神祇钦仰，逸则无补于人而神鬼不歆。是以君子欲为人神所凭依，莫大于习劳也。

吾人为学最要虚心。常见朋友中有美材者，往往恃才傲物……傲气既长，终不进功，所以潦倒一生而无寸进也……故吾人用功，力除傲气，力戒自满，毋为人冷笑，乃有进步也。

为人子者，若使父母见得我好些，谓诸兄弟俱不及我，这便是不孝。……

兄弟和，虽穷诋小户必兴；兄弟不和，虽世家宦族必败。男深知此理，故禀堂上各位大人，俯从男等兄弟之情。男之意实以和睦兄弟为第一。

断不蓄积银钱为儿子衣食之需。盖儿子若贤，则不靠宦囊，亦能自觅衣饭；儿子若不肖，则多积一钱，渠将多造一孽，后来淫佚作恶，且必大玷家声。故立定此志，决不肯以做官发财，决不肯留银钱与后人。

俭以养廉，誉洽乡党；直而能忍，庆流子孙。……

吾兄弟欲为先人留遗泽，为后人惜余福，除却勤俭二字，别无做法。

一则我家气运太盛，不可不格外小心，以为持盈保泰之道，旧债尽清，则好处太全，恐盈极生亏，留债不清，则好中不足，亦处乐之法也。二则各亲戚家皆贫……家中之债，今虽不还，后尚可还；赠人之举，今若不为，后必悔之。

（摘自曾国藩致家人的信①）

【家书简析】

晚清名臣曾国藩一生修身律己，礼治为先，勤俭廉老，表里如一，故以他为代表的湖南湘乡曾氏家族因其良好家风的影响，至今人才辈出、长盛不衰。曾国藩写给家人的1500多封家书最能体现其家族的家训思想。他提出"慎独、主敬、求仁、习劳"的修身准则，在对儒家思想继承和发扬的基础上，还融合了自己的体悟和领会。他家书中所提到的都体现出曾国藩具有良好的德行和规范的自我约束，他要求自己和家人都要尽量做到这四条修身准则，侧面反映出当时社会思想的进步。

同时，曾国藩还以君子之德塑造自身和教化家人，他在家书中提到"吾人为学，最要虚心。常见朋友中有美材者，往往恃才傲物……傲气既长，终不进功，所以潦倒一生，而无寸进也……故吾人用功，力除傲气，力戒自满，毋为

---

① 曾国藩. 曾国藩家书［M］. 南昌：江西人民出版社，2016.

人冷笑，乃有进步也。"这表明他一直在坚守中华民族的传统美德——谦虚，也意在告诫家人为人处世应戒骄戒躁，低调谦卑，方可成大事。

作为长子的曾国藩，尤其看重孝悌，亲自教导关爱诸弟，并以此作为孝顺父母的一部分。他认为自己成长的同时也必须要帮助兄弟进步，在教导、斥责与反省中与其弟共勉，可见曾国藩作为兄长的大度与理智。

除此以外，曾国藩还时常要求家人保持勤俭，他在家书中谈道，"断不蓄积银钱为儿子衣食之需。盖儿子若贤，则不靠宦囊，亦能自觅衣饭；儿子若不肖，则多积一钱，渠将多造一孽，后来淫逸作恶，必且大玷家声！故立定此志，决不肯以做官发财，决不肯留银钱与后人。""俭以养廉，直而能忍。"曾国藩相信节俭既是美德，也能养德。当然，敦亲睦邻也是曾国藩所看重的美德之一，他在给家中寄钱时总会嘱咐留一份给族人和远亲。他奉行邻里守望，这也正是其家族能保持长久不衰的有力凭证。

【家书摘编】

亲爱的宝贝：

新春快乐！没陪你一起回重庆老家过年，而选择在大年三十除夕夜给你写信，实属无奈，终有一天，你会理解并原谅爸爸妈妈的。疫情形势异常严峻，雪花般的信息铺天盖地传来，作为抗击疫情的最前线医务人员，我和你妈妈感觉到前所未有的压力和难以承受的责任。

……

你妈妈已经连续战斗了十个昼夜，其中好几个通宵……她实在是太忙太累了，加之休息不好，压力很大，昨天下午我远远看见她坐在楼梯上，绵连疲惫，还在接电话。请原谅她没有在此时此刻辞旧迎新的美好日子里给你打电话发微信送祝福，因为她实在没时间，甚至都可能忘记了今天是除夕。

再过一会儿春晚即将上演，这是我第三次电话催你妈妈吃晚饭了，其实年夜晚是食堂准备的快餐，放在盛有开水的脸盘里保暖，估计都凉透了，一个弱小的女子，中饭都没有来得及吃，不知道靠什么力量坚持下来的？

你妈妈非常辛苦，我也不轻松。我主要负责主城区的各个社区卫生服务站的督查，通过移动电话漫入及对近四年本地在武汉各高校就读的大学生数据进行分析，本地区有近期来自武汉的 2000 多名人员散落在各个角落。如何对来自武汉的这批人员进行摸排、流调（流行病学调查）、管控，是我和我所在社区卫生服务站的职责。犹如大海捞针，难上加难。除此之外，我还要对本区域的 12 个急救站点的 20 辆救护车进行管理，培训并考核每一位院前急救的医生和驾驶员熟练掌握转运要求、交接流程、自身防护、终末消毒，确保被转运的每一位普通患者及呼吸道感染患者不被交叉感染、确保每一位医驾同仁不被感染，是对百姓负责、对同事负责，这是底线。

......

宝贝，你现在已经是一个小男子汉了，你很乖，非常懂事，请转告外婆、奶奶，因为你妈妈和我承担着最前线的防控任务，所以，非常遗憾，代我们向长辈们道歉，深深鞠躬，今年我们又不能回家过年了，又是一年没回去看望她们，三年没回重庆老家了，特别想念她们，等疫情过去一定回家看望她们！

孩子，在这辞旧迎新的夜晚，我实在想找人说说话，向你倾诉爸爸妈妈在这场没有硝烟的战斗中的点滴，是让你明白：哪有什么岁月静好，是有无数人在为我们负重前行！各级政府已经启动重大公共卫生事件一级响应，医院已经全院动员，成立了医疗救治梯队，保障一线医务人员能够有充足的休息，做好持续作战的准备。疫情就是命令，时间就是生命。通过各部门联防联控，我们坚信，一定能够打赢这场硬仗大仗。

再过几个小时，即将迎来崭新的 2020 年，相信未来一定会雨过天晴。请你转达我们对家人的无尽思恋，祝宝贝新春快乐，健康成长！

（摘自奋战在抗疫一线的一位父亲致儿子的信①）

【家书简析】

2020 年春节到来的前夕暴发了疫情，传染性极强，形式颇为严峻。于是，无数医护人员勇挑重担，放弃了与家人团聚的时间，昼夜奋战在"抗疫"一线，只为拯救更多的人，打赢这场硬仗。在这场没有硝烟的"战疫"中，他们几十天甚至几个月都无法与自己的父母、孩子、恋人、朋友等见面，所以只能以书信的方式来传递爱与想念。

这是一封奋战在"抗疫"一线的父亲写给儿子的家书，夫妻二人都走在了前线，没有人陪伴孩子过年，唯有家书寄情，传达父母对子女的挂念、理解与期望。这位父亲先把他们夫妻两人的工作情况告诉给了儿子，情形之危险、工作之辛苦是普通人无法做到的，然而这位父亲还是坚强地把真实情况告诉给了儿子，是希望他能对这个疫情有一个正确、清晰的认识，能够理解为人父母矛盾又复杂的心情。他还告诉儿子他的母亲连续高强度工作，靠的就是一份责任、一份担当，完完全全诠释了白衣天使的使命。同时，他相信疫情一定能被

---

① 公众号的一篇"抗疫"家书。

战胜，国家一定能逾越寒冬，他对这方"生于斯长于斯"的土地充满了浓浓的感情。最后，他希望儿子能够代替他们向长辈们道歉，又因为工作而无法陪伴他们度过阖家欢乐的春节，他还告诉儿子"哪有什么岁月静好，是有无数人在为我们负重前行"，将他作为一个父亲、一个社会人对于自己子女的教导表达得严肃又温情，希望儿子能够传承这些正直、美好的品质，做一个无私奉献、默默无闻的人。漫漫人生路上，每个人都是沧海一粟，而每个人做出的选择将会影响他的一生，是迎难而上还是临阵脱逃，是冲锋陷阵还是明哲保身，这都是作为国家的一分子应该认真思考的问题。诚然，白衣天使是在用自己的生命来守护每一个人，只因这是他的工作、他肩上的责任，简单又纯粹，高尚又无畏，所以我们不更应该"为奉献者奉献，与逆行者同行"吗？

这场疫情中所涌现出来的一封封家书，全都是书写者用爱和希望浇灌而成的心血，在当今国富民强的时代，这些家书饱含深情地将中国传统美德继续延续下去，为中华文明增光添彩。

还有许许多多这样的家书，它们将华夏民族的历史文明延续、变革与创新，是中国传统文化的融合与沿袭，它们是中华民族文明进步的见证者与旁观者，更是我国实现中华民族伟大复兴的重要支撑。

无产阶级革命家夏明翰①被敌人逮捕后，在监狱里用最后的时光为母亲、妻子和大姐写下了最后一封家书。在给母亲的家书中，他感谢母亲的开明和理解，感恩母亲的养育之恩，"亲爱的妈妈，你和他们从来都是格格不入的。你只教儿为民除害，为国除奸。在我和弟弟妹妹投身革命的关键时刻，你给了我们精神上的关心，物质上的支持。"在给妻子的家书中，他表现出了作为一个革命者的英雄气概和对妻儿无限的爱恋，"抛头颅，洒热血，明翰早已视等闲。'各取所需'终有日，革命事业代代传。红珠留着相思恋，赤云孤苦望成全。坚持革命继吾志，誓将真理传人寰。"在写给大姐的家书中，他表现了对大姐的理解和亏欠，并告诉大家既然选择了正确的革命道路，就一定要坚定不移地走下去，"我一生无遗憾，认定了共产主义这个为人类翻身造幸福的真理，就刀山敢上，火海敢闯，甘愿抛头颅，洒热血。"三封信里出现的"抛头颅，洒热血"充分体现了夏明翰愿为革命事业光荣牺牲的大无畏精神，也激励后世人继续坚定不移地走下去，斗志昂扬，奋力拼搏。

---

① 夏明翰（1900—1928 年），湖南衡阳人，无产阶级革命家，革命烈士。

坚强的共产党员赵一曼①在被捕之后、英勇就义前留下了对儿子的期盼，"母亲对于你没有尽到教育的责任，实在是遗憾的事情。母亲因为坚决地做了抗日的斗争，今天已经到了牺牲的前夕了。母亲和你在生前永远没有再见的机会了。……母亲不用千言万语来教育你，就用实行来教育你。""在你长大成人之后，希望不要忘记你的母亲是为国而牺牲的。""母亲的死不足惜，可怜的是我的孩子，没有能给我担任教养的人。母亲死后，我的孩子要替母亲继续斗争。自己长大成人，来安慰九泉之下的母亲！……我的孩子自己好好学习，就是母亲最后的一线希望。"虽然她马上要牺牲，但在伟大的母爱面前，她毫不畏惧，也没有悲观绝望，她只是希望能以自己的行动为儿子树立好的典范，希望他好好学习，长大后能继承母亲的遗志，热爱祖国，顽强不屈，敢于牺牲。她是一位坚定的革命者，也是一位伟大的母亲。

四、和谐篇

【家书摘编】

我不在家，儿子便是你管束。要须长其忠厚之情，驱其残忍之性，不得以为犹子而姑纵惜也。家人儿女，总是天地间一般人，当一般爱惜，不可使吾儿凌虐他。凡鱼飧果饼，宜均分散给，大家欢喜跳跃。若吾儿坐食好物，令家人子远立而望，不得一露唇齿；其父母见而怜之，无可如何，呼之使去，岂非割心剜肉乎！

夫读书中举中进士做官，此是小事，第一要明理做个好人。②

……

平生最不喜笼中养鸟，我图娱悦，彼在囚牢，何情何理？而必屈物之性以适吾性乎！……夫天地万物，化育劬劳，一蚁一虫，皆本阴阳五行之气絪缊而出。上帝亦心心爱念。而万物之性人为贵，吾辈竟不能体天之心以为心，万物将何所托乎？蛇虺、蜈蚣、豺狼、虎豹，虫之最毒者也，然天既生之，我何得而杀之？若必欲尽杀，天地又何必生？③

……

---

① 赵一曼（1905—1936年），女，四川宜宾人，中国共产党党员，抗日民族英雄，担任东北抗日联军第三军二团政委。

② 王爽，裴颖. 中国家书［M］. 海口：海南出版社，2020.

③ 徐中玉. 中国古典文学精品普及读本历代名家书简［M］. 广州：广东人民出版社，2019.

敦宗族，睦亲姻，念故交，大数既得；其余邻里乡党，相周相恤，汝自为之，务在金尽而止。[①]

......

小怨不忘，睚眦必报，乃属贱丈夫所为，尔万不可学此卑鄙行为。[②]

（摘自郑板桥致弟弟的信）

【家书简析】

古时的"扬州八怪"之一郑板桥一直很注重"万物和谐相处"，所以他的《板桥家书》记载了他给弟弟写的信，无时无刻不在凸显"和谐"这一理念。

他在家书中提到，"家人儿女，总是天地间一般人，当一般爱惜，不可使吾儿宁虐他。""凡鱼飧果饼，均宜分散给，大家欢喜跳跃""夫天地万物，化育劬劳，一蚁一虫，皆本阴阳五行之气，氤氲而出，上帝亦心心之爱念。而万物之性人为贵，吾辈竟不能体谅天地之心以为心，万物将何所托命乎？""敦宗族，睦亲姻，念故交""小怨不忘，睚眦必报，乃属贱丈夫所为"……这些都表明了郑板桥对于"和谐"的追求与向往，家人之间的和谐、人与大自然的和谐、邻里朋友之间的和谐等，都是郑板桥所倡导的处世要则，这也和当今社会习近平总书记所倡导的"建设美丽中国""人与自然和谐共生"等理念不谋而合。这种人生理念贯穿于他的为人、为官、处事与交友，"千磨万击还坚劲，任尔东西南北风"，也反映了郑板桥的家庭教育观——平等、真实、善良、修德，成为构成一个家庭和谐的基础，也是社会安定、国家昌盛的保障。

【家书摘编】

> 千里修书只为墙，
> 让他三尺又何妨？
> 万里长城今犹在，
> 不见当年秦始皇。

（摘自张英致家人的信[③]）

---

① 陈明. 中华家训经典全书［M］. 北京：新星出版社，2015.

② 翟博. 中国人的教育智慧经典家训版［M］. 北京：教育科学出版社，2007.

③ 姚永朴. 旧闻随笔［M］. 安徽：黄山书社，1989.

【家书简析】

这封"让墙诗"式的家书想必大家耳熟能详，它出自六尺巷的一段历史典故。清康熙年间的礼部尚书张英，其老家桐城的官邸与吴家为邻，两家院落之间有条巷子，供双方出入使用。后来吴家要建新房，想占这条路，张家人不同意。双方争执不下，将官司打到当地县衙。县官考虑到两家人都是名门望族，不敢轻易了断。这时，张家人一气之下写了一封加急信送给张英，要求他出面解决。张英看了信后，认为应该谦让邻里，故而他在给家里的回信中只写了四句话：千里来书只为墙，让他三尺又何妨？万里长城今犹在，不见当年秦始皇。家人读后，明了其中含义，主动让出三尺空地。吴家见状，深受感动，也主动让出三尺房基地，"六尺巷"由此得名。可见古代时人们就已懂得要与邻里和谐相处这一道理，这也成为打造当今社会和谐的范本。

【家书摘编】

家书之一

1954 年 10 月 2 日

聪，亲爱的孩子。收到 9 月 22 日晚发的第六信，很高兴。我们并没为你前信感到什么烦恼或是不安。我在第八信中还对你预告，这种精神消沉的情形，以后还是会有的。我是过来人，决不至于大惊小怪。你也不必为此担心，更不必硬压在肚里不告诉我们。心中的苦闷不在家信中发泄，又哪里去发泄呢？孩子不向父母诉苦向谁诉呢？我们不来安慰你，又该谁来安慰你呢？人一辈子都在高潮——低潮中浮沉，唯有庸碌的人，生活才如死水一般；或者要有极高的修养，方能廓然无累，真正的解脱。只要高潮不过分使你紧张，低潮不过分使你颓废，就好了。太阳太强烈，会把五谷晒焦；雨水太猛，也会淹死庄稼。我们只求心理相当平衡，不至于受伤而已。你也不是栽了筋斗爬不起来的人。我预料国外这几年，对你整个的人也有很大的帮助。这次来信所说的痛苦，我都理会得；我很同情，我愿意尽量安慰你，鼓励你。克利斯朵夫不是经过多少回这种情形吗？他不是一切艺术家的缩影与结晶吗？慢慢的你会养成另外一种心情对付过去的事：就是能够想到而不再惊心动魄，能够从客观的立场分析前因后果，做将来的借鉴，以免重蹈覆辙。一个人唯有敢于正视现实，正视错误，用理智分析，彻底感悟；终不至于被回忆侵蚀。我相信你逐渐会学会这一套，越来越坚强的。我以前在信中和你提过感情的 ruin（创伤，覆灭），就是要你把这些事当做心灵的灰烬看，看的时候当然不免感触万端，但不要刻骨铭心的伤害自己，而要像对着古战场一般的存着凭吊的心怀。倘若你认为这些话是对的，对你有些启发作用，那么将来在遇到因回忆而痛苦的时候（那一定免不了会再来的），拿出这封信来重读几遍。

（摘自傅雷致儿子傅聪家书①）

家书之二

早预算新年中必可接到你的信，我们都当作等待什么礼物一般的等着。果然昨天早上收到你来信，而且是多少可喜的消息。孩子！要是我们在会场上，一定会禁不住涕泗横流的。世界上最高的最纯洁的欢乐，莫过于欣赏艺术，更莫过于欣赏自己的孩子的手和心传达出来的艺术！其次，我们也因为你替祖国增光而快乐！更因为你能借音乐而使多少人欢笑而快乐！想到你将来一定有更大的成就，没有止境的进步，为更多的人更广大的群众服务，鼓舞他们的心情，抚慰他们的创痛，我们真是心都要跳出来了！能够把不朽的大师的不朽的作品发扬光大，传布到地球上每一个角落去，真是多神圣、多光荣的使命！孩子，你太幸福了，天待你太厚了。我更高兴的更安慰的是：多少过分的谀词与夸奖，都没有使你丧失自知之明，众人的掌声、拥抱，名流的赞美，都没有减少你对艺术的谦卑！总算我的教育没有白费，你二十年的折磨没有白受！你能坚强（不为胜利冲昏了头脑是坚强的最好的证据），只要你能坚强，我就一辈子放了心！成就的大小、高低，是不在我们掌握之内的，一半靠人力，一半靠天赋，但只要坚强，就不怕失败，不怕挫折，不怕打击——不管是人事上的，生活上的，技术上的，学习上的——打击；从此以后你可以孤军奋斗了。何况事实上有多少良师益友在周围帮助你，扶掖你。还加上古今的名著，时时刻刻给你精神上的养料！孩子，从今以后，你永远不会孤独的了，即使孤独也不怕的了！

赤子之心这句话，我也一直记住的。赤子便是不知道孤独的。赤子孤独了，会创造一个世界，创造许多心灵的朋友！永远保持赤子之心，到老也不会落伍，永远能够与普天下的赤子之心相接相契相抱！你那位朋友说得不错，艺术表现的动人，一定是从心灵的纯洁来的！不是纯洁到像明镜一般，怎能体会到前人的心灵？怎能打动听众的心灵？

……音乐院长说你的演奏像流水、像河；更令我想到克利斯朵夫的象征。天舅舅说你小时候常以克利斯朵夫自命，而你的个性居然和罗曼·罗兰的理想

---

① 傅雷. 家风 傅雷给孩子的信 [M]. 武汉：长江文艺出版社，2018.

有些相像了。河，莱茵，江声浩荡……钟声复起，天已黎明……中国正到了"复旦"的黎明时期，但愿你做中国的——新中国的——钟声，响遍世界，响遍每个人的心！滔滔不竭的流水，流到每个人的心坎里去，把大家都带着，跟你一块到无边无岸的音响的海洋中去吧！名闻世界的扬子江与黄河，比莱茵的气势还要大呢！……黄河之水天上来，奔流到海不复回！……无边落木萧萧下，不尽长江滚滚来！……有这种诗人灵魂的传统的民族，应该有气吞牛斗的表现才对。

你说常在矛盾与快乐之中，但我相信艺术家没有矛盾不会进步，不会演变，不会深入。有矛盾正是生机蓬勃的明证。眼前你感到的还不过是技巧与理想的矛盾，将来你还有反复不已更大的矛盾呢：形式与内容的枘凿，自己内心的许许多多不可预料的矛盾，都在前途等着你。别担心，解决一个矛盾，便是前进一步！矛盾是解决不完的，所以艺术没有止境，没有 perfect（完美，十全十美）的一天，人生也没有 perfect 的一天！唯其如此，才需要我们日以继夜，终生的追求、苦练；要不然大家做了羲皇上人，垂手而天下治，做人也太腻了！

（摘自傅雷致儿子傅聪家书①）

【家书简析】

《傅雷家书》是现代翻译家、文艺评论家傅雷和夫人写给儿子的书信集，包括 1954 年至 1966 年 5 月期间的近 200 封书信，书信中体现了父母对儿子的道德、思想、文化、情操等方面的教育，给父母如何更好地培养子女提供了优秀的范本。

傅雷 1954 年写给儿子傅聪的家书，是在开解、劝慰儿子，教会儿子要懂得与自己和解，即使身处泥泞，也要靠自己的意志力顽强地走出来，寻找人生的新天地。一个人如若能学会与自己和谐相处，那与他人、与社会的相处是完全可以如鱼得水的。

傅雷 1955 年写给儿子傅聪的另外一封家书，表达了父亲对儿子在艺术成就上的祝福和感慨，他和儿子以一种平等的、和睦的方式沟通和交流，拉近了父子之间的情感。他说"因为你替祖国增光而快乐"，也"因为你能借音乐而使多少人欢笑而快乐！"，还告诉儿子要用他的艺术去"为更多的人更广大的群众服务，鼓舞他们的心情，抚慰他们的创痛"……字字句句间足以感受到他作

---

① 傅雷. 家风 傅雷给孩子的信 [M]. 武汉：长江文艺出版社，2018.

为父亲能拥有这么优秀的儿子的骄傲与自豪，他鼓励儿子要为构建一个和谐、美好的社会而努力奋斗，发挥自己的所长。后面他还谈道，"多少过分的谀词与夸奖，都没有使你丧失自知之明，众人的掌声、拥抱，名流的赞美，都没有减少你对艺术的谦卑"，这说明他们的家庭很看重中华民族传统美德的教育，有一个和谐、温馨的家庭氛围，所以傅聪才能拥有谦卑、上进、正直的美好品行。孩子的德行养成与成长的环境息息相关，充满爱的家庭环境会培养出有爱的孩子，也在更大程度上能成长为一个对社会、对国家有用的人，道尽了一位父亲想要教给孩子的朴实的处世之道。

在傅雷写给孩子的信中，教育孩子要与人相处，一定要说到做到，讲诚信，要有原则。傅聪早年出国留学，傅雷特别提醒他要注意与朋友之间的相处之道。傅聪曾经在信中责备自己答应了某个国外朋友一件事情，却迟迟没有做到，心中充满了内疚之感。傅雷回信说到"自我责备，反而没有实际的行动表现，这是我最不赞成的，只有实事求是和实际行动才能表明你的心迹"。待朋友不能如此马虎。与人相处，真诚相待，说到做到，才能赢得他人的认可与信任，才会交到真心的好朋友。首先是做人要守信用，傅雷对傅聪真可谓是循循善诱，从各个方面教导他。做人一定要守信用，不可以轻易许诺，若许了诺，务必执行，切不可允诺而不执行。再次，是从学琴的过程中告诉傅聪，做艺术的一定要守诚信，切不可不真诚对待所做的事情。傅雷谨信，一个人如果是真诚的，那么他一定什么事都可以做到。即使当时不可以，那么以后总有一天会做到。傅雷这样说道："可见一个人弄艺术非真实、忠诚不可。"待朋友不能如此马虎。傅雷平易近人，以其渊博的知识、循循善诱的笔触和语重心长的话语，与儿子谈论如何做人、情感、文化、艺术等各个方面，衬托出了一位父亲的舐犊深情。

【家书摘编】

家书之一

......

一个人生活或行为之原动力，天然是感情或兴趣，而不是理智；不可能是理智。现在人流行底话爱说理智、理智，其实根本没有明白理智是什么，理智在人类生命上、在生物界中，居什么位置，只是在瞎说乱说。理智之特色在冷静，冷静是犹豫之延长，犹豫是活人临于其行动之前的那一段。理智之用只在矫正盲目冲动，并不能代替情感而发动行为，它的功用在选择及筹划——这是容易懂的。但更重大之功用在化冲动（怒或欲）为清明正当的感情，此时理智感情合一不分。

日常生活的原动力最好是高尚优美之兴趣。一种行动或一种努力或一种事业之原动力最好是志愿或决心，志愿或决心是经过理智考量之后，从深处发出之感情。根本没有理智作行为的原动力之理。试问冷静怎么能热能动呢。

你说："我不再被什么东西鼓舞着了。"这只是对某事某物之消沉，其实鼓舞你的东西还多得很。古人所说"不动心"，你哪里作得到呢。

......

（摘自梁漱溟①致儿子的信②）

家书之二

宽恕两儿：

......

一、你确能关心到大众到社会，萌芽了为大众服务之愿力，而从不作个人出路之打算。这就是第一让我放心处。许多青年为个人出路发愁，一身私欲得不到满足，整天怨天尤人、骂世，这种人最无出路，最无办法。你本非度量豁达之人，而且心里常放不开，然而你却能把自己一个人出路问题放了，仿佛不值得忧虑，而时时流露为大众服务愿。只这一步放开，你的生命里便具一种开展气象，而活了，前途一切自然都有办法了。我还有什么不放心的呢。（你个人出路亦早在其中，都有办法了，好不成问题。）二、你确能反省到自身，回顾到自家短处偏处，而非两眼只向外张望之人，这就是让我更加放心处。许多青年最大短处便是心思不向内转，纵有才气，甚至才气纵横，亦自费，有什么毛病无法救，其前途亦难有成就。反之，若能向自身心上理会，时时回头照顾，即有毛病，易得纠正，最能自己寻路走，不必替他担忧了，而由其脚步稳妥，大小必有成就，可断言也。

......

宽此次问：学问与作事是否为两条路，及你应当走那条路，好像有很大踌躇，实则不必。

平常熊先生（熊协先生）教育青年，总令其于学问事功二者自择其一。择取之后，或再令细择某学某事，这自然很有道理，亦是一种教法。但我却不如此。假入你留心看《我的自学小史》，看《朝话》，应可觉察到此，我根本不从

---

① 梁漱溟（1893—1988 年），中国著名的思想家、哲学家、教育家、社会活动家、国学大师。
② 丁振宇. 中华名人家书［M］. 北京：北京工业大学出版社，2015.

这里入手。

……

你自无须循着我的路子走，但回头认取自己最真切的要求，而以其作出发点，则是应该的。……抓住一点（一个问题）而努力，去学在此处学，做事在此处做，就对了。因为现在任何一事没有不在学术研究之路……

总之，你为大众服务作事之心甚诚，随处可见，即此就宜于做事。但究竟作什么事还不知，俟你有所认定之后，当然要先从求此项学问入手，嗣则要一边做，一边研究，边学边做，边做边学，终身如此努力不已。至于成就在事抑在学，似可不管，既有无成就，亦可不管，昔人云："但问耕耘，不问收获"就是这个意思。

……

（摘自梁漱溟致儿子的信①）

【家书简析】

这是有"中国最后一位大儒家"之称的梁漱溟先生在 1948 年写给其儿子的一封家书，其中不乏关心、爱护与教诲。

从家书可以看出，梁漱溟希望儿子能成为理智、冷静的人，做任何事情都要先经过理智、冷静的思考，再以内心真实情感而做决定，要学会和自己相处，这样才能成为三观正、品格好的人，不辜负自己，亦不负家国。

【家书摘编】

三姊：

你的两封信都收到了。我在两月前才把《西洋史》的上册赶完，但已经赶得头昏眼花了。接着又还了许多零碎的文债，所以至今才能给你写信。

你们居在重庆的苦是可想而知的。大嫂、二嫂不容易下来，你为什么不来上海避避呢？上海固然不是住家的地方——烟气熏天、车声震地——但比了重庆总要好些罢。下月我们要搬到商务左近的宝光里去了，那里房间略为多些，你如下来，一定有一间小屋可以奉屈的。

寄上我在杭州照的一张小照，还有一张我们三人照的，叔永说已经寄与你们了。

玉林的书，叔永已打算另去买一本，前次寄书的人已经走了，大约他藏起

---

① 高丽红. 家书的范要［M］. 呼和浩特：内蒙人民出版社，2011.

了邮费，把书丢了。上海用人是要气死人的，这也是一例。

锡三、锡朋、锡光的信都已收到，读之极喜，望他们以后再多多写信。

大嫂的病好点了吗？我的腰痛差不多全好了，但仍经不起劳乏。小都事事都懂，样样能说了。《努力》附去一份，但不能完全了。

别的下次再谈，祝

你们大家已经不在战争的范围中吃苦了。

弟妇　衡哲上
十月三日

三姊：

许久未给你写信了，你知道我是一个多病多劳之人，所以一定能不见怪的。玉林和锡三的信都收到了，请告诉他们，仍望时时写信。

承你把围城的困苦情形告诉我，使我对于川湘的人民更加发生同情。月前江浙差不多也要打仗了，幸亏两省的绅士商人利害，呼号奔走了一个月才把这场战祸免掉，这是我们不能不感谢他们的。

前次寄去《晨报》增刊一册，已收到了吗？《努力》周刊已经停办，现将改办月刊，将来出版后再寄给你看。

当叔永在美国对我提起结婚的事的时候，他曾告诉我，他对于我们的结婚有两个大愿望。其一是因为他对于旧家庭实在不满意，所以愿自己组织一个小家庭，俾他的种种梦想可以实现。其二是因为他深信我尚有一点文学的天才，欲为我预备一个清静安闲的小家庭，俾我得耑心一意的去发达我的天才。现在他的这两个愿望固然不曾完全达到，这是我深自惭愧的一件事；但我们两人的努力方向是不曾改变的。

……

三姊：

前次接到你的信之后，尚未奉覆，又得到你阴历年底来信，欣悉一一，感谢得很。北京今年冷极了，听说乡园百花茂盛，不禁心向往之。玉林订婚，请为我们道贺。喜期定在几时，请尽早示及。我的四妹也由我们的介绍上月和余上沅君结婚。五妹（即是周宜甫的媳妇）也即要结婚了。天下祸乱相仍，幸有新娘子们来开心笑，不然更是愁云四塞了。

听说大嫂患病吐血，叔永和我均甚相念。寄上洋二十元，系我寄给大嫂买点补物吃吃的，礼轻意重，请她不要见笑，收下了罢。听说锡光生痰，想已痊愈。

又附去小照一张，乃是新年初一所摄的。书书是一个极顽皮的孩子，再没有姊姊老实，你看小照便知道了。小都现在天天习字，寄上一张给嬢嬢看看。她又谢谢三姊给她的书笺。锡三写的信很有进步，以后可再多写些信。我们前次要爷爷、妈妈的像，是为的在过年的时候，好供些花果，并且令两孩拜识拜识先人。家中如有，望仅今年之内寄一张为盼。匆匆不尽，下次再谈。

即祝

春祉。

弟媳　衡哲上

二月二十日

（摘自陈衡哲①致其丈夫三姐的信②）

【家书简析】

这是中国第一位女教授陈衡哲写给其丈夫任鸿隽三姐的家书，聊家常般讲述自己身边发生的事情以及自身的状况等，让家书成为她与家人之间亲情升温的桥梁。

可以看出陈衡哲和丈夫的关系很温馨很融洽，她也很珍视他们的相处模式。和其丈夫三姐堪称说话般的家书更是体现出整个家庭的和谐气氛，常怀感恩之心、关切之情、自省之思，这是"一代才女"带给后世人的在做人持家方面的优良风范。有家才有国，有国才有家，家国一体，才能早日实现和谐社会的构建。

【家书摘编】

……

小小的失意，象花生米翻落地了，自己嚼了舌头了，小猫不肯吃糕了，你都要哭得嘴唇翻白，昏去一两分钟。外婆普陀去烧香买回来给你的泥人，你何等鞠躬尽瘁地抱他，喂他；有一天你自己失手把他打破了，你的号哭的悲哀，比大人们的破产、失恋、broken heart，丧考妣、全军覆没的悲哀都要真切。两把芭蕉扇做的脚踏车，麻雀牌堆成的火车、汽车，你何等认真地看待，挺直了嗓叫"汪——，""咕咕咕……"，来代替汽笛。

---

① 陈衡哲（1890—1976 年），是我国新文化运动中最早的女学者、作家、诗人，也是我国第一位女教授，有"一代才女"之称。

② 陈衡哲. 一支扣针的故事［M］. 哈尔滨：北方文艺出版社，2015.

……

我每次剃了头，你真心地疑我变了和尚，好几时不要我抱。最是今年夏天，你坐在我膝上发见了我腋下的长毛，当作黄鼠狼的时候，你何等伤心，你立刻从我身上爬下去，起初眼瞪瞪地对我端相，继而大失所望地号哭，看看，哭哭，如同对被判定了死罪的亲友一样。你要我抱你到车站里去，多多益善地要买香蕉，满满地擒了两手回来，回到门口时你已经熟睡在我的肩上，手里的香蕉不知落在哪里去了。这是何等可佩服的真率、自然与热情！大人间的所谓"沉默""含蓄""深刻"的美德，比起你来，全是不自然的、病的、伪的！

你们每天做火车、做汽车、办酒、请菩萨、堆六面画，唱歌，全是自动的，创造创作的生活。大人们的呼号"归自然！""生活的艺术化！""劳动的艺术化！"在你们面前真是出丑得很了！依样画几笔画，写几篇文的人称为艺术家、创作家，对你们更要愧死！

你们的创作力，比大人真是强盛得多哩：瞻瞻！你的身体不及椅子的一半，却常常要搬动它，与它一同翻倒在地上；你又要把一杯茶横转来藏在抽斗里，要皮球停在壁上，要拉住火车的尾巴，要月亮出来，要天停止下雨。在这等小小的事件中，明明表示着你们的弱小的体力与智力不足以应付强盛的创作欲、表现欲的驱使，因而遭逢失败。

……

瞻瞻！有一天开明书店送了几册新出版的毛边的《音乐入门》来。我用小刀把书页一张一张地裁开来，你侧着头，站在桌边默默地看。后来我从学校回来，你已经在我的书架上拿了一本连史纸印的中国装的《楚辞》，把它裁破了十几页，得意地对我说："爸爸！瞻瞻也会裁了！"瞻瞻！这在你原是何等成功的欢喜，何等得意的作品！却被我一个惊骇的"哼！"字喊得你哭了。那时候你也一定抱怨"爸爸何等不明"罢！

软软！你常常要弄我的长锋羊毫，我看见了总是无情地夺脱你。现在你一定轻视我，想道："你终于要我画你的画集的封面！"

最不安心的，是有时我还要拉一个你们所最怕的陆露沙医生来，教他用他的大手来摸你们的肚子，甚至用刀来在你们臂上割几下，还要教妈妈和漫姑擒住了你们的手脚，捏住了你们的鼻子，把很苦的水灌到你们的嘴里去。这在你们一定认为是太无人道的野蛮举动罢！

孩子们！你们果真抱怨我，我倒欢喜；到你们的抱怨变为感激的时候，我的悲哀来了！

我在世间，永没有逢到象你们这样出肺肝相示的人。世间的人群结合，永没有象你们样的彻底地真实而纯洁。最是我到上海去干了无聊的所谓"事"回来，或者去同不相干的人们做了叫做"上课"的一种把戏回来，你们在门口或车站旁等我的时候，我心中何等惭愧又欢喜！惭愧我为甚么去做这等无聊的事，欢喜我又得暂时放怀一切地加入你们的真生活的团体。

……

我的孩子们！憧憬于你们的生活的我，痴心要为你们永远挽留这黄金时代在这册子里。然这真不过象"蜘蛛网落花"，略微保留一点春的痕迹而已。且到你们懂得我这片心情的时候，你们早已不是这样的人，我的画在世间已无可印证了！这是何等可悲哀的事啊！

……

（摘自丰子恺致子女的信①）

【家书简析】

丰子恺（1898—1975年），中国现代画家、散文家。这是他写给子女的家书，满含深情厚爱，充满雅趣又浅显易懂的道理让人含英咀华。

丰子恺用最为质朴、普通的语言为我们描绘了一幅家庭其乐融融、和谐相处的生活画面，让人不禁想起辛弃疾的《清平乐·村居》："大儿锄豆溪东，中儿正织鸡笼。最喜小儿亡赖，溪头卧剥莲蓬。"一样和谐、美好的家庭画面，浓郁的生活气息扑面而来，如烟火降落人间一般真实又缥缈，让人心生向往，无限渴盼。整篇家书都在描述他与孩子之间的相处趣事，童真夹杂幽默，间或藏理、寄情于叙事中，"如同一片片落英，含蓄着人间的情味"，构筑成一个和谐家国的缩影。子女在这样和谐、亲近的环境中长大，想必会一直怀有上善若水之心的，这对于社会的安定、国家的繁荣起着不可或缺的作用。

【家书摘编】

一九五六年（21岁）九月十六日
父亲：

孩子已被留下来在本院本系——华中师院中文系当"语法学（及修辞学）"助教了。这是多么出人意料的事啊！

……

孩子在名义上虽然是助教，但实际上，今后两三年内，并不是"教"，而

---

① 汪娟. 中国现代文学名著选读［M］. 西安：西安交通大学出版社，2016.

是"学"，系统地细致地"学"，在"学"到取得一定的成就之后，才能开始"教"。这是每一位助教都要走的道路。

语法学是孩子最喜欢的一门学科，现在取得这样好的学习条件，今后一定能进步得快一些的。尽管语法这门学科非常深奥、复杂，孩子的基础又差，所以感到担子有些沉重，但是，我知道，"在科学的道路上是没有什么平坦的大道可走的"，"伟大的精力是为了伟大的目的而产生的"，困难只能吓倒懦夫。今后孩子作为一个充满前进信心的人，在困难面前所产生的将不是胆怯和后退，而是足以克服困难的勇气和力量。……

祝您迅速恢复健康！

男　义上 1956.9.16 晨

父亲：

刚才收到您九月九号的来信。一吃完晚饭就上街去准备给您买太平天国史料和粤曲，可惜书店关了门，白跑了！

不久前儿曾写一信给您，估计现在您也收到了。

儿的寒衣问题已经解决了。——棉衣，拿1956年做的那件反面改制；棉裤，拼凑上七尺布票买了七尺布做面，用一条旧裤子做里，里面的棉花是用一截旧棉被弹成的。这样一来，棉衣也好，棉裤也好，又可以穿上个两三年。您说您又把棉衣服寄回来，儿很是着急。儿已用不着，特别是黑龙江那么冷的地方不多穿一点怎么行？儿还常常担心，您年纪这么大，寒冬一到，没有足够的寒衣怎么能过得去呢！急急写这封信，是要阻止您把棉衣寄来，如果您已寄来，那将来还是要寄回给您的。

……

据您前次的来信，您是又把钱寄来了的，但现在还未收到。如果您还未寄出，您就留着用吧，冬天一来，您是更需要用钱的。

祝您健康！

儿　福义 1961.9.28 晚
（摘自邢福义致父亲的信①）

【家书简析】

这是现代汉语大家邢福义写给父亲的家书，被整理为《寄父家书》，有亲

---

① 邢福义. 寄父家书［M］. 北京：商务印书馆，2018.

情的流露，有自己事业发展的热情，有对未来的思考。整封家书以诚挚的话语缓缓展开，仿佛在和父亲当面言语一般，字里行间都透出了浓浓的父子情深。他告诉父亲他下决心要努力工作，因为一旦不努力就会落后于其他人，同时他看淡钱财名利，对遇到的不公平不公正之事都"淡然处之"，这种处世哲学正是源于中华民族自古以来所提倡的"以和为贵"思想，字里行间中我们可以看出一个学术大师的成长与社会磨砺、家庭教育，师友帮助，以及个人奋斗的密切关系。

家书虽是小切口，但反映了大时代的变迁。一代人的成长，要用另一代人的足迹牵引，感谢邢福义先生开了一个很好的头儿。

【家书摘编】

关于父亲骨灰一事，弟一开始就坚持落叶归根，虽然心里也曾矛盾过，犹豫过，挣扎过，心想父亲骨灰安置灵骨塔中，有专人管理、诵经，弟也能定时祭拜。……母亲看到大哥提出可将父亲骨灰分成两半，心里非常难过，认为父亲生前没赶上祖国改革开放，没能实现回家的愿望，常在夜里独立哭泣，……希望大哥给我一年的时间，……亲自完成父亲遗愿。

（摘自周广良致兄长的信[①]）

【家书简析】

在山东省鄄城县档案馆名人档案室珍藏着文史工作者周广良的 119 封家书，是他与未曾相见的台湾父亲及同父异母兄弟之间亲情的见证，充满着无限的思念、殷切的期盼和美好的祝愿。一道台湾海峡分隔了多少人的家庭与思念，早期时候，两岸亲人之间的联系就只能靠家书来传递，承载着割舍不掉的生生情感。

读完周广良的家书，泪眼婆娑，"落叶归根"一直是中国人所追求的归宿，然而一道海峡却生生阻断了亲人的相见，幸而最后其父亲得以归根故里，魂安故土。这些生离死别的血泪家书将两岸亲人紧紧连在一起，在带来灾难和苦痛的同时也送达了关心和希望。一封一封的家书伴随着海峡两岸的亲人走过了坎坷与曲折，消磨了苦难与不堪，也让他们学会了坚强与勇敢，让他们更加懂得珍惜来之不易的幸福生活，懂得与人为善，所以他们更期盼两岸关系能够日益

---

① 张奎明，杨重光. 打开尘封的记忆 第 2 辑 细说档案里的故事 ［M］. 北京：中国档案出版社，2008.

繁荣发展，国家越来越强盛。

两岸家书让人不由得想起了余光中先生的《乡愁》，那些承载着"邮票""船票""坟墓"和"海峡"的乡愁记忆，倾诉着对于祖国统一、社会和谐的美好愿望。

《左传》有云"亲仁善邻，国之宝也"，这意味着一个国家要想长久与稳定，务必要与邻者亲近，与邻邦友好，内外皆要做到以礼相待、和谐相处，才能实现"各美其美，美人之美，美美与共，天下大同"。

一封家书，一纸情感，一生财富，一世典范。

家书是家庭的情感纽带，是家教的重要载体，也是家风的一面镜子。一封封家书不仅情真意切，还蕴藏着很多感人的故事，既反映了对亲属的深情、对子女的教诲，更展现了为人民谋幸福、为民族谋复兴的初心。透过这一封封永不褪色的家书，我们看到了"富强、民主、文明、和谐"的社会主义核心价值观，感受到了中华文化的传承与发扬光大，打开了我们精神世界的格局。家书所留传下来的良好家风，使得我辈始终"江山代有才人出"，这笔宝贵的财富激励着一代又一代中华儿女满怀信仰与希望，永不停歇，奋勇向前！

第四节　在国家层面践行社会主义核心价值观

党的十八大以来，习近平总书记曾多次在不同场合强调家风，"治国"离不开"齐家"，"齐家"离不开良好的家风，家风是建立在中华文化之根上的集体认同，是每个个体成长的精神足印，是给家庭后人树立的价值准则，家风对个人素质的培养、家族的传承、民族的发展都起着重要的作用。家书正是一个独特的文化表现形式，它是中华文明、家风教育的代代传承，点滴积累，在中国社会是非常宝贵的传家宝。深入挖掘家书文化中蕴藏的核心价值观，对培育社会主义核心价值观有极其重要的现实意义。从家书中剖析国家层面的社会主义核心价值观，充分展现"富强、民主、文明、和谐"，既是对中华民族优良传统文化的传承，更是中国人民幸福生活的本质诉求。

一、在富强中践行社会主义核心价值观

马克思主义观点认为，生产力标准是衡量社会发展的最高标准，生产力的发展史是社会进步的根本内容。在我国社会主义现代化建设中，把发展生产力

摆在首位，就必须把富强列为发展的首要目标，坚持以经济建设为中心，推动社会全面进步。社会主义核心价值体系从国家层面倡导富强、民主、文明、和谐，并将富强列在首位，不仅体现了生产力标准的根本要求，而且体现了全国人民对美好幸福生活的共同期盼。

每个人的前途命运都与国家富强紧密相连。国家富强，意味着人民有稳定的工作、丰厚的收入、可靠的社会保障、高水平的医疗卫生服务、高质量的教育体系。国家的富强也要由全国人民一起来创造。要创造富强的国家，就必须沿着中国特色社会主义道路不断前进，在新的历史征程上，在新的时代形势下，继续发扬艰苦创业的优良传统，攻坚克难，真抓实干，创造富强的中国，努力实现中华民族的伟大复兴。

二、在民主中践行社会主义核心价值观

"民主"是社会主义的内在要求。社会主义的民主就是人民当家作主，我们的国体和政体都充分说明了民主就是社会主义的内在要求。当今中国蓬勃发展，处处彰显大国力量，现实充分证明了中国特色社会主义道路的正确性。

在民主中践行社会主义核心价值观，首先，要从具体历史和国情出发，认识和了解我国政治制度的变迁，理解中西方民主的内涵，真正理解人民是国家、社会和自己主人的本质意义。其次，要充分对我们的民主制度充满自信，这是中华人民共和国成立后几十年中国翻天覆地的巨变证明的，只有坚持中国特色社会主义道路，我们才能真正实现人民民主，真正创造属于我们的幸福美满生活。最后，我国社会主义民主政治建设还处于初级阶段，有许多不完善之处。这就更加需要我们人民群众积极支持党和国家稳妥推进民主政治体制改革，发展更加广泛、更加充分、更加健全的人民民主，在民主中积极培育和践行社会主义核心价值观。

三、在文明中践行社会主义核心价值观

中华民族历来就有助人为乐、团结友爱、见义勇为、尊老爱幼、尊师重教等传统美德。中华民族的传统美德超越时间和空间，贯穿于历史发展的每一个时期和每一个领域，是滋养社会主义核心价值观的宝贵营养。习近平总书记强调，要注意把社会主义核心价值观日常化、具体化、形象化、生活化，使每个人都能感知它、领悟它，内化为精神追求，外化为实际行动，做到明大德、守

公德、严私德。积极践行"文明"这一社会主义核心价值观准则就是社会主义核心价值观具体化、生活化、形象化的具体体现，这既是聚人心、暖人心、稳人心，维护社会和谐稳定的重要举措，也是培育和践行社会主义核心价值观的重要载体。

任何一种理想信念、价值理念、道德观念的确立，都有其固有的文化根脉。社会主义核心价值观是在中华文化的深厚土壤中扎根、成长和发展起来的，传承着中华民族最根本的精神基因。在当今文明发达的社会，我们更应该用实际行动传承和弘扬中华优秀传统美德，推动社会主义核心价值观"落地生根"，形成同频共振、同心同向的强大正效应。

四、在和谐中践行社会主义核心价值观

自孔孟以来，中华民族就树立了以谦逊、仁爱、忠诚、孝顺为中心的传统美德，并内化为人们日常生活的行为规范和价值标准，这正是社会主义核心价值观国家层面"和谐"这一准则的有力体现。

建设社会主义和谐社会与社会主义核心价值观的培育与践行相互促进、相互作用，二者高度统一于社会主义建设的伟大实践，更是离不开优秀传统文化的作用。它必须具有中国特色，必须植根于中国优秀的传统文化中，才会有生命力和强大的凝聚力和向心力。要践行"和谐"的社会主义核心价值观，就必须要借助优秀传统文化中的内容和表现形式，在潜移默化中摒弃个体价值观念中不合理的部分，自觉使思想与核心价值观的要求统一起来。

社会主义和谐社会发展的最终目的就是为了满足人们的需要，实现人的自由全面发展，所以在社会主义和谐社会的建设中必须要贯彻"以人为本"的理念，以社会主义核心价值观为指导，推进人的全面发展，为人的全面发展提供精神动力和价值支持，从而形成良好的社会风气，促进社会和谐发展。

第三章　社会主义核心价值观社会
层面的价值准则

第一节　社会主义核心价值观社会层面价值准则的内涵

"自由、平等、公正、法治"是社会主义核心价值观社会层面的价值目标，是沟通国家价值目标和个人价值准则的必然环节，回答了要建设什么样的社会这个重大问题，反映了人类对美好社会的强烈向往，是中国特色社会主义实践探索的精神升华，体现了社会主义的本质要求。

一、自由的内涵

自由，是指人的意志自由、存在和发展的自由，是人类社会的美好向往，也是马克思主义追求的社会价值目标。自由作为政治范畴，在不同历史阶段具有不同内容。党的十八大把自由作为培育和践行社会主义核心价值观社会层面的基本范畴，是中国共产党对马克思主义自由观的继承和创新。

中国人自古以来就有追求自由的精神传统，正是这种精神传统使得中华文明生生不息，绵延数千年而从未中断，社会主义核心价值观之"自由"正是传承于这一精神传统。儒家文化传统蕴含的自由精神主要体现在"从心所欲，不逾矩""为仁由己""内圣外王"等方面，"儒家之自由，主要体现为人的道德本性实现的自由，或者说，是人之成圣贤、为善行善之自由，这种自由根源于自我，由仁心、本心扩充发展而完成，不为外物所拘。"[①] 以老庄为代表的道家思想中自由成分更为丰富深刻，庄子在《逍遥游》中虽通篇不见"自由"二

---

① 刘晓. 现代新儒家政治哲学 ［M］. 北京：线装书局，2001.

字，但洋溢着追求顺其自然，获得自在自由的色彩，表现出追求人格自由、不为物役的自由价值理想。道家"道法自然""回归自然"的价值诉求，在对所处时代进行深刻批判的同时，蕴含着力图摆脱一切束缚的带有中华文化传统的自由精神。自由一词最早出自汉代，是东汉郑玄①对《礼记》解释的一个词语。《礼记·少仪》曰："请见不请退。"意思是对于尊长，可以请求会见，不可请求退下。郑玄在《礼记正义》曰"去止不敢自由"，意思是去留不敢自作主张，实质上当时人们的言行举止是受等级制度下"礼"所规定和约束而没有自由的。不难发现，传统文化中所追求的"自由"，本质上是内在的一种高度的道德自觉和道德自律，力图通过"心性修养"达到一种较高的精神自由状态。

自鸦片战争以来，满目疮痍的中国在救亡图存、强国富民的道路上涌现出一大批对自由具有强烈价值诉求的爱国志士，他们在经济、政治、文化等方面表达对自由的积极探索。孙中山的"三民主义"主张"实行民族主义，就是为国家争自由"，这是欧洲当时为个人争自由的价值不同。他指出国家当时处于半殖民地境遇是很不自由的，"到了国家能够行动自由，中国便是强盛的国家。中国国家当然是自由，中国民族才真能自由"。孙中山强调为国家自由而牺牲个人自由。新文化运动是中国近代史上一场思想启蒙和解放运动，"充分发展自己的个性""充分发达自己的才能"等思潮主张将人的个性从传统文化中解放出来，是近代中国追求个性解放、个性自由的运动。

社会主义核心价值观之"自由观"实质上就是马克思主义自由观。马克思一生致力于追求每个人真正自由而全面的发展，恩格斯同样强调要"给所有的人提供真正的充分的自由"。马克思主义自由观主要围绕"谁的自由""什么的自由""如何实现自由"进行科学阐释。马克思和恩格斯从唯物史观出发，科学回答了他们所追求的自由是现实社会中"从事实际活动的人"的自由而非抽象的一般的"人"的自由；是每个人的自由而非少数人的自由；是个人自由与集体主义的有机统一。他们认为人类所追求的自由应该是作为人的本质的实践自由，是基本生存的自由，是精神与物质全面发展的自由，是人与自然和谐共处的自由。当然，要实现这样的自由是与经济社会发展水平有必然联系的，需要生产力的巨大增长和高度发展。正如马克思的精辟论述，没有蒸汽机和珍妮走锭精纺机就不能消灭奴隶制；没有改良的农业就不能消灭农奴制；当人们还不能使自己的吃喝住穿在质和量方面得到充分保证的时候，人们就根本不能获

---

① 郑玄（127—200年），字康成。北海郡高密县人。东汉末年儒家学者、经学大师。

得解放。因此，解放是由历史的关系，是由工业状况、商业状况、农业状况、交往状况促成的。衡量一切自由的根本尺度是生产力水平，实现人的自由就必须把发展作为第一要务，推动社会不断进步。

二、平等的内涵

平等，指公民在法律面前一律平等，其价值取向是不断实现实质平等，它要求尊重和保障人权，人人依法享有平等参与、平等发展的权利。平等旨在通过平等的社会机制和价值引导，既保障公民个人享有平等的权利，也保障每个人基于社会贡献所要求得到的权利、利益和尊重。平等是现代社会的基本特征，既是衡量人类文明进步的重要标准，也是人类向往的理想价值。倡导并促进平等的实现，对于推进中国特色社会主义事业有着重要的价值和意义。

平等这个词千百年来一直激励着广大人民为美好生活而不断努力。"平等"一词在中国古代出现，源自早期佛教经典传入中国时译者以"平等"一词解释"三世"及"六道"轮回众生无差别的理念，即人与人之间、有情众生之间、有情众生与无情众生之间法性平等、际遇平等、地位平等。[①] 原始意义的"平等"，皆为均平、齐整的意思。孔子在表达"均平"主张时说："丘也闻有国有家者，不患寡而患不均，不患贫而患不安。盖均无贫，和无寡，安无倾。夫如是，故远人不服，则修文德以来之；既来之，则安之。今由与求也，相夫子，远人不服，而不能来也；邦分崩离析，而不能守也，而谋动干戈于邦内。吾恐季孙之忧，不在颛臾，而在萧墙之内也。"其中，"不均"就是指不平均、不平等。孔子的论述既表达了对经济、政治的关注，也包含着对平等社会秩序的追求。道家学派庄子则从人的根本属性指出人人都应该平等。"以道观之，何贵何贱？……万物齐一，孰短孰长？"意指人与人之间无高下之分，也无贵贱之别。《礼记·礼运》中的"大同世界"："大道之行也，天下为公，选贤与能，讲信修睦。故人不独亲其亲，不独子其子，使老有所终，壮有所用，幼有所长，矜、寡、孤、独、废、弃者皆有所养，男有分，女有归。货，恶其弃于地也，不必藏于己；力，恶其不出于身也，不必为己。是故谋闭而不兴，盗窃乱贼而不作，故外户而不闭。是谓大同。"这个大同社会，实则是人们对理想的平等、公正社会的具体化描述。全民所有的社会制度、选贤举能的管理体制、讲信修睦的人际关系、人得其所的社会保障、人人为公的社会道德、各尽其力

---

① 方铭. 平等：以传统文化为基础 [J]. 群言，2015 (6)：53—55.

的劳动态度，这样平等的和谐大同社会，成了两千多年来中国仁人志士不断追求的理想目标。

受西方思潮影响，有了近代启蒙意义上的资产阶级平等观。清朝黄遵宪①写下《纪事》："红黄白黑种，一律平等视。人人得自由，万物咸遂利"②。其意红黄白黑种人，都应该一律平等相待，这样人人获得自由，万事万物都顺利，社会就会繁荣发展。资产阶级改良派康有为在《实理公法全书》和《大同书》中提出"人人平等"，给人类社会未来的发展描绘了一个在"几何公理"制度下运行的"平等"社会。孙中山的平等思想亦是贯穿其三民主义学说的始终，在民族方面包括对内各民族一律平等，对外世界各民族一律平等；在民权方面，主张公民的政治权利和政治地位平等，坚持男女平权思想；在民生方面，平均地权节制资本，缩小贫富差距，实现社会财富共享。五四运动作为近代中国争取民族独立平等的一场新文化运动，其平等思想为之后一百年的中国政治历史产生了深刻影响。中国共产党自成立之初起就始终高举"争自由、争人权"的旗帜。新民主主义革命时期，党带领人民推翻三座大山的压迫，建立起新中国，改革开放以来，党领导人民大力发展经济，为人的自由全面发展创设良好条件。

社会主义核心价值观中的平等观，和马克思、恩格斯关于平等观所提出的思想是一脉相承、与时俱进的。马克思主义平等观是以实现人的自由而全面发展为目标的无产阶级平等观。马克思、恩格斯指出："只有在现实的世界中并使用现实的手段才能实现真正的解放。"由此可见，马克思主义平等观认为只有消灭阶级和阶级差别，才能实现真正的实质上的平等。然而，马克思主义平等观提出的平等观念是历史发展的产物，并受当时生产力发展水平的限制。正如恩格斯在《反杜林论》中指出："平等的观念，无论以资产阶级的形式出现，还是以无产阶级的形式出现，本身都是一种历史的产物，这一观念的形成，需要一定的历史条件，而这种历史条件本身又以长期的以往的历史为前提。"尽管马克思恩格斯并未对平等下一个明确的定义，但马克思主义平等观旨在科学表达无产阶级的平等要求，其在政治、经济、文化上对中国特色社会主义建设具有现实指导意义。

社会主义核心价值观倡导的平等，是兼顾效率与公平的平等，不是"不患寡而患不均"的绝对平均主义，也不是落在法律字面上的"形式上的平等"，

---

① 黄遵宪（1848—1905年），晚清诗人，外交家、政治家、教育家。
② 黄遵宪. 黄遵宪诗选［M］. 广东人民出版社，1985.

而是要创造与中国特色社会主义伟大事业相适应的、能够将全社会的积极性与创造性充分调动并有利于广大人民群众事业和生活发展的平等的价值观。

三、公正的内涵

公正，从概念上讲就是对待每个人不偏不倚，蕴含公平正义的意思。公正是一个无处不在的问题，也是一个历久弥新的永恒话题。从社会学角度来讲，公正是指人们之间权利或利益的合理分配关系。公正的内容是自由和平等的辩证平衡，社会有自由无平等会失去秩序，有平等无自由就会失去生机。人类在社会发展过程中，一直在追求和建立公正的社会秩序，并对社会公正不断提出新的要求，为之进行着不懈的努力。追求公平正义的尚"公"重"义"精神是我国传统文化的重要组成部分，对中华民族的生存发展和文化传承发挥了重要的作用。

公正是我国传统文化中重要的价值理念，实现社会和谐，建设公平正义的社会，是从古至今人们追求的社会理想。在我国传统思想中，公正的内涵主要体现在伦理学的范畴，历代的思想家对公正有着众多的观点和价值主张，充分展现了公正的丰富内涵，在相关的著作中有着大量有关公正的思想。

春秋末期思想家、教育家、墨家学派创始人和主要代表人物墨子在《墨子·尚贤上》中说："古者圣王之为政，列德而尚贤，虽在农与工肆之人，有能则举之，高予之爵，重予之禄，任之以事，断予之令。""故当是时，以德就列，以官服事，以劳殿赏，量功而分禄。故官无常贵，而民无终贱。有能则举之，无能则下之，举公义，辟私怨，此若言之谓也。"他强调社会公正应惠及每个社会成员，也就是说，德行是当时举贤选才的重要标准和参考。这个标准对于每个人都是平等的，无论你的出身是贵族还是平民，是富贵还是贫穷。

战国时期的著名思想家、文学家荀子在《荀子·正论》中指出"故上者下之本也……上公正则下易直矣。"这句话的意思是，君主是臣民的根本，如果君主能够做到公正无私，那么，臣民也就会坦荡正直。荀子突出强调了公正在社会治理当中的重要作用，也对后世的社会管理产生了重大影响。

韩非子是先秦时期思想家、哲学家和散文家，法家思想的集大成者，他的思想不仅继承和发展了法家思想家如申不害、慎到、商鞅等人的思想，而且也广泛吸取了儒、道、墨家等学派的精神成果。其主要著作《韩非子》观点鲜明而深刻，对治国理政具有较高的借鉴价值，其中不乏对社会公正的表述。韩非子强调法律必须公平公正，极力反对任何人享有法律上的特权。他提出"法不阿贵""刑过不避大臣",主张制度和法律面前没有例外。"疏贱必赏,近爱必诛",执法者必须一碗水端平,不能有亲疏之分。他强调执法人员要保持公正公平,"执法者强,则国强;执法者弱,则国弱。"他强调的就是要加强司法公正,要反对特权,杜绝例外,制定的制度和法纪对任何人都要有同等的约束力,减少权力对法律的干扰,无论是"老虎",还是"苍蝇",惩处的尺度要一致。①

《晏子春秋·外篇》中有这样一句话:"顾臣愿有请于君:由君之意,自乐之心,推而与百姓同之,则何瑾之有!君不推此,而苟营内好私,使财货偏有所聚,菽粟币帛腐于囷府,惠不遍加于百姓,公心不周乎万国,则桀纣之所以亡也。夫士民之所以叛,由偏之也。君如察臣婴之言,推君之盛德,公布之于天下,则汤武可为也。"晏子认为,国君的恩惠不能普遍地给予百姓,公心不能遍及诸国,这曾经是夏桀和商纣灭亡的原因。士人百姓的众叛亲离,是由于国君偏心的缘故。因此,他希望齐景公能够推广自己的美德,使公心遍布于天下,成为像成汤和周武那样的圣君。晏子所讲的恩惠遍加于百姓,公心周于万国,实际上就是要无偏无私,在当时的历史条件下最大限度地实现社会公正。

《论语·颜渊》中记述季康子向孔子问政时,孔子讲道:"政者,正也。子帅以正,孰敢不正?"按今天的话来说就是:当政者本人要正,只要你领导人自己做得正,下面的风气就自然正了。

《尚书·洪范》中写道:"无偏无党,王道荡荡;无党无偏,王道平平。"意谓做到公平无私,就能使政令广泛顺利地推行。

明代汪天锡②在《官箴集要》中说:"夫居官守职,以公正为先。公则不为私所惑,正则不为邪所媚。凡行事涉邪私者,皆由不公正故也。"如果"守之弗失,则政无不备,事无不举矣。"在他看来,坚守公平,不仅可以服人心,而且行政就能成竹在胸,有备无患,什么事都能办成功。

近代以来,我国古代的公正思想得到了坚持和发扬。康有为(1858—1927年),是近代著名政治家、思想家、社会改革家,信奉孔子儒家学说,并致力于将儒家学说改为可以适应社会的国教,同时吸取西方传来的进化论和政治观点,形成变法的思想。他多次上书光绪皇帝请求变法,曾被任命为总理衙门章京,筹备变法事宜,领导戊戌变法,主张学习西方,提倡科学文化,改革政治、教育制度,发展农工、商业等。他在《大同书》中提出要建立一个"人人

---

① 郝清杰,杨志芳. 价值理想:自由平等　公正　法治 [M]. 合肥:安徽人民出版社,2013.
② 汪天锡,明朝官员,著有《官箴集要》。

相亲，人人平等，天下为公"的理想国家，集中反映了广大人民群众对于公正的向往。

孙中山先生非常推崇大同世界，并将"天下为公"作为自己的政治格言，这在当时对唤醒国民的民主意识起到了重要的作用。

梳理古往今来对公正的理解和阐释，归结起来可以看出其基本价值内涵：公正就是指合理分配人们之间的权利或利益关系。公正是人类社会普遍追求的价值取向，还是一种高层次的道德要求和品质。自由和平等的辩证平衡是公正的实质和内涵。因此，必须通过公正这一"桥梁"把自由和平等两种价值体系连接和统一起来。重视自由，更要重视平等，要加紧建设对保障社会公平正义具有重大作用的制度，逐步建立以机会公平、规则公平和权利公平为核心的社会公平保障体系，努力营造公平的社会环境，保障人民平等参与、平等发展权利，使社会对各种资源和价值的分配趋向合理。

当代中国马克思主义的公正观是我们党在批判地继承历史上公正思想的基础上产生，并在不断推进社会变革和社会公正发展的实践基础上与时俱进的。在当今中国，促进社会公平正义是大势所趋、民心所向。培育和践行公正价值观，一方面，是要不断培育公民正义品质，使正义成为人的美德中最崇高的美德。另一方面，要从法律上、制度上、政策上努力营造公平的社会环境，从收入分配、利益调节、社会保障等方面采取切实措施，最大限度地满足和保障最广大人民群众的根本利益的实现，逐步做到保证社会成员都能够接受教育，都能够进行劳动创造，能够平等地参与市场竞争、参与社会生活，能够依靠法律和制度来维护自己的正当权益。可以这样说，公平既是社会发展的价值目标，也是社会健康稳定发展的重要动力和保障。

四、法治的内涵

法治是人类文明之树上的丰硕成果，是迄今为止有效规范国家政治权力的最有力武器之一，是一个国家和社会政治文明发展水平的重要标志，是治国理政的基本方式，一个国家、一个地方社会秩序的良劣，取决于其法治水平。我国古代虽然也有比较丰富的法治思想，但是由于受社会发展的制约和当时人治传统文化的影响，法治观念在政府和社会管理中并没有发挥其应有的作用。法治作为当代中国的核心价值理念，是我们党推进依法治国、坚持执政为民、实现公平正义、服务发展大局的必然，是党总结历史经验、在建设中国特色社会主义和深化改革开放的实践中发展社会主义法治理念的必然。

回顾中国历史，历代统治者为维护统治秩序、保持社会安定，历来都非常重视法制建设。在几千年的历史长河中，曾制定和施行了多部法律典章。

四千年前，随着我国第一个奴隶制国家——夏王朝的建立，夏朝奴隶制法律"禹刑"应运而生。标志着历史上从习惯法为主要法律形式转变为制定法。该法律的主要内容是：确立"忠君"观念，倡导"孝道"思想，维护国家制度与宗法制度；镇压各种违背"王命"和反抗国家统治的行为；用行政法性质的"政典"来维护国家机器的正常运转；确认土地国有，确立各项税赋制度；在司法制度上，建立了"大理""士""蒙士"等各级司法官吏体制；神明裁判在司法活动中占据重要地位；最初的监狱——圜土已经设立，《禹刑》还设置了墨、劓、膑、宫、大辟五种刑罚，"夏有乱政而作禹刑"，是中国最早的奴隶制法。

在国家的治理上，春秋时期有德治和法治的论争。儒家主张以礼和以德治国，重视德治而不言法治。法家则极力反对以德治国，主张"不务德而务法"。法家是春秋战国时期以法治为核心思想的学派，代表人物有管仲、李悝、商鞅、韩非等，韩非是法家思想的集大成者。

《管子·明法》中"以法治国"这一观念是春秋时期齐国的管子最先提出的。他认为"法者，天下之程式也，万事之仪表也"，"君臣上下贵贱皆从法，此谓为大治"，法是天下的规程，万事的准则。君主、臣下、上级、下级都自觉遵守法律，那么国家就局势安定、政通人和了。

韩非子主张通过国家和法律，以高压政策维持社会秩序，"治民无常，难法为治"，他认为人君应当"不养恩爱之心而增威严之势"，他的思想很受秦王嬴政的赏识和青睐，为了得到韩非子，秦王不惜讨伐韩国。韩非的很多法治理念沿用至今。如"法不阿贵，绳不挠曲"，在当时是新兴地主阶级对贵族垄断和世袭特权的反抗，也是后世法律面前人人平等思想的萌芽。又如"摇镜则不得为明，摇衡则不得为正，法之谓也"，即摇动镜子则看不清镜子中的事物，摇动衡器则称不准物体的轻重。韩非子用镜子和衡器类比，强调法律要具有稳定性。另外，为了防止结党营私，韩非子还提出了权力分散，以法制权的思想，要求在制度上对权力加以规范。他不赞成官员管理职务范围以外的事，若是不在其位而谋其政，就是"越官"，"越官则死"，韩非子把这个问题看得是很严重了。

春秋战国时期，宗法社会分崩离析，单靠礼制已不能治理国家，各诸侯国立法观念和举措逐渐兴起和施行。公元前536年，郑国子产将国家的法律条文铸在鼎上，摆在王宫门口，公之于众，欲使民众知犯某罪有某罚。鼎是国家权力的象征，铸在鼎上表明了其权威性。这是中国历史上第一次公布成文法，史称"铸刑书"。

中国历史上的第一部封建法典，是战国初期魏国政治家李悝编著的《法经》。这是一部比较系统、完整的封建成文法典，是此后历代法典的蓝本。《法经》的原文已经佚散，只留下六个篇目：《盗法》是惩治侵犯地主阶级财产的法律；《贼法》是惩治犯上作乱和伤害人身的法律；《囚法》是审判狱案的法律；《捕法》是捉拿罪犯的法律；《杂法》是惩治盗窃兵符、官印、议论国家法令等破坏封建制度和秩序的行为的法律；《具法》是根据特殊情况加重或减轻刑罪的法律。《法经》的内容，重点在于防止和镇压农民的反抗斗争，充分体现了地主阶级的意志，是一部保护封建政治制度和经济制度的法典。

秦国的法制起始于公元前 356 年的商鞅变法。其主要内容是：国家承认土地私有，允许自由买卖；奖励耕战，生产粮食布帛多的人，可免除徭役；根据军功大小授予爵位和田宅，废除没有军功的旧贵族的特权；建立县制，国君直接派官吏治理。秦国通过商鞅变法封建制度确立，促进了封建经济的发展，提高了军队的战斗力，使秦国很快成为战国七雄中最富强的国家，为灭六国建立统一全国的秦朝，奠定了基础。秦朝对李悝《法经》进行改造形成《秦法经》。

在西汉年间，陆续制定了系列法律典章，形成汉律 60 篇。包括：《九章律》9 篇，由丞相萧何参照秦律制定，在《秦法经》6 篇（盗法、贼法、囚法、捕法、杂法、具法）的基础上增加了《户律》《兴律》《厩律》3 篇；《傍章律》18 篇，由叔孙通在高祖和惠帝年间制定，主要是关于礼仪方面的内容；《越宫律》27 篇，由武帝时张汤制定，主要关于宫廷警卫方面的内容；《朝律》6 篇，由武帝时赵禹制定，主要是关于朝贺制度方面的内容。汉律对中国法律的发展起到了推进作用。

唐代以《唐律》律文为经，编制了《唐律疏议》，按照《唐律》12 篇的顺序，对 502 条律文逐条逐句进行诠解和疏释，并设置问答，辨异析疑。《唐律疏议》集中国封建法律之大成，在中国法制史上承前启后，影响深远。正因为它总结了以往各代的立法经验及其司法实践，使之系统化和周密化，成为维护封建经济基础、上层建筑和调整各方面社会关系的法律规范。因此，历代"承用不废"，同时又成为五代、宋、元、明、清编制和解释律例的蓝本。

随着社会的发展，古代法制在前朝的基础上不断地加以完善。在明朝，"刑乱国用重典""明刑弼教"等立法理念占主流；朱元璋提出"明礼以导民，定律以绳顽"，将伦理道德的预防犯罪职能与法律的镇压犯罪职能相结合，以实现明朝长治久安。清朝的立法思想是"详译明律，参以国制"，以汉制汉。

《大清律例》是清朝的基本法典，也是中国传统法典的集大成者。体例沿袭《大明律》，六部分篇，名例律为首篇，共7篇。

在封建社会中，虽有很多刚正不阿之士执法如山，但法律都只是帝王之具、治民之术，制定国家法令最根本的目的是维护和巩固君权，而非现代意义上以保障公共利益为目的而行使公共权力的法治行政。

马克思主义继承了人类法治文明的优秀成果，以唯物史观为理论基础，以唯物辩证法为思想方法，在科学批判资本主义法治理论的基础上，深刻揭示了法律的产生和发展规律，创立了马克思主义法学理论，成为社会主义法治建设的指导思想。马克思主义认为，法律产生的根源既不是某种理性原则，也不是什么先验范畴，而是物质的生活关系。马克思在《政治经济学批判导言》中明确指出："法的关系正像国家的形式一样，既不能从它们本身来理解，也不能从所谓人类精神的一般发展来理解，相反，它们根源于物质的生活关系，这种物质的生活关系的总和。"马克思主义认为，任何国家的法律都不是超阶级的，而是具有鲜明的阶级性。法律在阶级对立的社会里，是统治阶级意志的表现，同样，在社会主义国家，法律也具有其鲜明的阶级性，是工人阶级领导下的广大人民意志的体现，是阶级性与人民性的统一。同时，他还认为，法律不是超历史的，是人类社会发展到一定历史阶段的产物，并会随着人类社会的发展而不断发展演化。马克思早就提出过"法典就是人民自由的圣经"的著名观点，还一贯坚持人是法律的主体、法律的目的等论断。

中华人民共和国成立后，初步建立了社会主义法制体系，但在如何对待传统法制和法律文化的问题上，也经历了曲折的历程。进入改革开放新的历史时期以后，我国的民主和法制建设进入了新阶段，邓小平同志强调指出："为了保障人民民主，必须加强法制。必须使民主制度化、法律化，使这种制度和法律不因领导人的改变而改变，不因领导人的看法和注意力的改变而改变。"法治是实现国家长治久安的必由之路。党的十八大以来，以习近平同志为核心的党中央从关系党和国家前途命运的战略全局出发，把全面依法治国纳入"四个全面"战略布局，作出一系列重大决策部署，从前所未有的高度和广度谋划法治，以前所未有的力度和深度践行法治，开启了法治中国建设的新时代。党的十九大更是把法治社会基本建成确立为到"2035年基本实现社会主义现代化"的重要目标之一。法治社会是构筑法治国家的基础，法治社会建设是实现国家治理体系和治理能力现代化的重要组成部分。建设信仰法治、公平正义、保障权利、守法诚信、充满活力、和谐有序的社会主义法治社会，是增强人民群众获得感、幸福感、安全感的重要举措。

第二节　社会主义核心价值观社会层面价值
准则与传统文化的关系

一、自由与传统文化的关系

中华优秀传统文化已经成为中华民族的基因，根植在中国人内心，潜移默化地影响着中国人的思维方式和行为方式。中华优秀传统中的积极价值观念如繁星闪耀，"天人合一""和而不同"皆反映了中华民族对自由美好的价值理想。从"自然无为""无为而治"到"每个人的自由发展是一切人的自由发展的条件"；从"随心所欲不逾矩"到"人是生而自由的，但无处不在枷锁之中"、"取义成仁今日事，人间遍种自由花"，等等，这些都充分体现了人类对自由的认识和追求。

二、平等与传统文化的关系

平等思想事实上一直深深植根在中华传统文化的灵魂中，从"大道之行也，天下为公"到"大凡物不得其平则鸣"；"余致力国民革命，凡四十年，其目的在求中国之自由平等"都体现了人类对平等的认识和追求。平等是人的最基本权利，是处理人与人之间关系的最基本准则，是人类社会的理想价值追求，而平等目标的实现，是一个很漫长的历史过程。

三、公正与传统文化的关系

我们提倡和弘扬社会主义核心价值观，必须从中国古代先哲提出的格物致知、诚意正心、修身齐家、治国平天下等思想中去体会。翻阅古籍可以发现，古人对公正阐述得很深刻。明代汪天锡在《官箴集要》中说："夫居官守职，以公正为先。公则不为私所惑，正则不为邪所媚。凡行事涉邪私者，皆由不公正故也。"如果"守之弗失，则政无不备，事无不举矣"。在他看来，坚守公平，不仅可以服人心，而且行政就能成竹在胸，有备无患，什么事都能办成功。

在中国传统文化中，流传下来大量的公正无私的清官形象，西门豹①、包拯、徐九经②、海瑞、况钟③、于成龙④等清正廉明、铁面无私、不畏豪强、为民请命，受到当时人民的拥戴，他们的事迹被编成文学作品、戏剧代代相传。当然，古人的公正观与现代意义上的公平正义有显著的差异，古代的清官廉吏，也是站在统治阶级的立场上，为维护封建制度和封建秩序服务的。但这些公平正义的思想和作为，对减轻人民的痛苦、维护社会的稳定是有利的，至今闪烁着华夏文明的光彩，对我们今天建设公平社会仍有积极的借鉴意义。

四、法治与传统文化的关系

法治作为当代中国的核心价值理念，是我们党推进依法治国、坚持执政为民、实现公平正义、服务发展大局的必然，是党总结历史经验、在建设中国特色社会主义和深化改革开放的实践中发展社会主义法治理念的必然。

对于中国传统文化中的法治思想，要以科学的态度来正确认识和评价。一方面要认识到古代法治与现代法治在许多方面理念不同，在今天看来也存在不少消极因素，但它总体上是同当时的社会、经济状况和历史进程相适应的。另一方面要杜绝历史虚无主义，认为中国传统法治都是落后的、反科学和反民主的东西，从而予以全盘否定，这种倾向不符合实事求是的精神。

要全面评析中国古代法治，认识到中国古代法治是中华文明的重要组成部分，积极作用是主要的。总体上是与当时的社会、经济状况和历史进程相适应的。对于消极因素，应以事实为依据，进行科学的分析。古代法律注重礼教，维护等级制度，致使法有等差。但是，礼教中的仁恕之道和慎刑原则、亲属相容隐不为罪的原则，仍有借鉴的价值，在推进中华文明发展进程中发挥了重要作用。要正确地区分古代传统法制的精华与糟粕，更好地发扬中华民族的优良传统，服务于当代法治建设。因此，我们不能苛求古人，不能割断历史，更不能以今天的进步否定古人的贡献。总之，万事万物皆有法。有法则成，无法则败。

---

① 西门豹（生卒年不详），战国时期魏国人；著名的政治家、水利家，历史治水名人。

② 徐九经（1495—1580年），《明史》记载的明朝清官。

③ 况钟（1383—1443年），明代官员，人民称他"况青天"，和包拯"包青天"、海瑞"海青天"并称中国民间的三大青天。

④ 于成龙（1617—1684年），山西永宁州人。清初名臣，被康熙帝赞誉为"清官第一"。

第三节　社会主义核心价值观社会层面价值准则
在传统家书中的体现

一、自由篇

【家书摘编】

我们穷人在国民党反动统治下，是抬不起头来的。今天我们解放了，得到了自由，我们应该爱护我们的祖国，向人民政府购买公债，以期建设我们的新国家。我们翻身了，有了说话的机会，我们应该放开喉咙，大胆地说，说出在国民党反动统治下所受的苦难：方振初是直接赶过我们的牛的；祖老八是直接赶过我们的猪的；张里才是直接强迫我们当卖田地的；张守诚是直接指挥他兄弟砍过我们的李子树的；方国生当甲长抓过我们的丁搞过我们的钱的……这些冤枉事实，应在诉苦会上大胆地说出来，以更深地启发其他的穷人的觉悟和彻底摧翻他们的封建势力，免得他们再在乡间蔓生。

减租退押运动到底展开了没有？这事是关于我们穷人的，是解决我们的困难的，我们应该团结其他受苦受难的人，同有钱的人做生死的斗争，不退就不行，不要以为他向我们了流了泪就宽谅他，这是不对的，因为他们欺压我们穷人，已有几千年了，他们骑在我们头上剥削我们是不留情的，他们不管我们穷人有没有给他的，他一定要，就是逼死人也要。我们过去被人家赶牛、猪，强迫当卖，就是他们对我们的手段。我们今天翻身了，要他们退我们的钱，还我们的债，没有一定要，不要同情他，因我们受了几千年的苦，他们都不同情，今天他们就是哭了，叩了头，喊了爷爷，也要，一定要，一个钱也不能少。这里须注意的，他们以田抵，我们就应该不要，因为田地是我们劳动人民的，不是他娘肚里带出来的，他们以田地作抵，我们应该一概不要，一定要他退租退钱。男在这里身体很好，请不要挂念，你老安心生产，多开荒。现在与以前不同了，以前是做出来的有一大半是别人的，现在做多少收多少、绝对没有人敢抢我们的。我们应该响应毛主席的号召，努力生产，解决困难，建设我们的新国家。余未多写了，专此谨禀并叩！

（摘自罗盛教写给父母的一封信①）

【家书简析】

朝鲜有一个村庄叫罗盛教村，有一条河流叫罗盛教河，有一座山叫罗盛教山。1949 年 11 月，年仅 18 岁的罗盛教参军，1950 年参加湘西剿匪，1951 年 4 月赴朝参战。1952 年 1 月 2 日，气温零下 20 摄氏度，罗盛教为抢救朝鲜落水儿童英勇献身，那一年，他刚满 21 岁。入朝前后，罗盛教在部队给父母写过四封信，这封信是第一封，写于 1950 年 5 月 1 日。就在牺牲前一天晚上，他又给父母写了一封信，信中他说："青春是美丽的，但一个人的青春可以平庸无奇，也可以放射出英雄的火光。我必须把我放在炉火里，看看我是不是块钢铁。"

近代中国两大革命历史任务：求得民族独立和人民解放；实现国家繁荣富强和人民共同富裕。七十多年前中国人民经过长期奋斗，实现了民族独立和人民解放，建立了人民当家作主的新中国。中国人民在中国共产党的领导下，战胜了国内、国外敌人和一切反动派；推翻了骑在人民头上作威作福的帝国主义、封建主义和官僚资本主义等"三座大山"；使民族资产阶级愿意接受共产党的领导、愿意接受社会主义改造、愿意回归到劳动人民中去；使中国人民不受剥削、不受压迫、不受欺侮；使人们能够在这片土地上自由地劳动、和平地自强、幸福地生活。中国无产阶级是革命性最彻底的阶级，也因为如此才能带领中国人民实现民族独立和民族解放。

【家书摘编】

惟吾中国，自鸦片战役而后，继之以英法联军之役，太平天国之变，甲午之战，庚子之变，乃至辛亥革命之变，直到于今，中国民族尚困轭于列强不平等条约之下，而未能解脱。此等不平等条约如不废除，则中国将永不能恢复其在国际上自由平等之位置。而长此以往，吾之国计民生，将必陷于绝无挽救之境界矣！然在今日谋中国民族之解放，已不能再用日本维新时代之政策，因在当时之世界，正是资本主义勃兴之时期，故日本能亦采用资本主义之制度，而成其民族解放之伟业。今日之世界，乃为资本主义渐次崩颓之时期，故必须采用一种新政策。对外联合以平等待我之民族及被压迫之弱小民族，并列强本国

---

① 丁梦珂. 代代读英雄人物 第 2 辑 罗盛教 [M]. 北京：北京工业大学出版社，2012.

内之多数民族；对内唤起国内之多数民众，共同团结于一个挽救全民族之政治纲领之下，以抵制列强之压迫，而达到建立—恢复民族自主、保护民众利益、发达国家产业之国家之目的。

钊自束发受书，即矢志努力于民族解放之事业，实践其所信，励行其所知，为功为罪，所不暇计。今既被逮，惟有直言。倘因此而重获罪戾，则钊实当负其全则。惟望当局对于此等爱国青年，宽大处理，不事株连，则钊感且不尽矣！

（摘自李大钊《狱中自述》（节选））①

【家书简析】

李大钊（1889—1927 年），其所处的正是帝国主义国家大举入侵中国，中国被迫签订《南京条约》《马关条约》《辛丑条约》等一系列不平等条约，惨遭瓜分和蹂躏的年代。中国社会在帝国主义和封建王朝的双重压榨下，内忧外患，积贫积弱。国内太平天国、义和团运动等人民的反抗斗争此起彼伏；腐朽的清王朝对外无力反抗、屈膝投降，对国内人民的反抗斗争疯狂镇压；老百姓生活在水深火热之中，苦不堪言。正是在这样的历史条件下，以李大钊为代表的一批爱国进步青年在年幼时便萌发了救国救民的思想，随着社会阅历的日渐丰富，爱国主义思想日益强烈。为了寻找救国救民的真理，上下求索，在不断地探索、实践、对比、分析之后，最终确认马克思主义是"世界改造原动的学说"，是"拯救中国的导星"。

李大钊一生共完成上百万字的文稿，据统计，在 1919 年 5 月至 1921 年 7 月短短两年期间，发表演讲、论文、杂文等 140 篇，这对当时徘徊在道路选择的中国而言，无疑是思想上的指路明灯。李大钊虽笔耕不辍，却未给家人留下一封书信，即便是在生命的最后时刻心中挂念的也是革命事业，而非个人小家庭。由此可见，在他坚定信念的心中，革命事业所占的位置远比个人的利益和安危重千万倍。

1927 年 4 月 6 日，奉系军阀张作霖勾结帝国主义，闯进苏联大使馆驻地，逮捕了李大钊等 80 余人。李大钊在监狱中备受酷刑，始终大义凛然，坚贞不屈，为了保护其他同志，李大钊用血迹斑斑的双手写下《狱中自述》，表现了共产党人的伟大共产主义精神。

---

①　中国井冈山干部学院. 红色家书 革命烈士书信选编［M］. 北京：党建读物出版社，2018.

【家书摘编】

父亲大人膝下：

敬禀者，日昨大人来此相探，嘱男在彼狗官面前书立悔过书，以求释放出狱。舐犊情深，思之黯然。男午夜扪心自问，天良未泯，爱国无罪，今身在缧绁之中，固不知有何"过"之可"悔"！？"悔过"也者，敌人颠倒是非，混淆黑白，妄想沦全国人民于奴隶之境之大骗局耳，幸勿堕反动派之术为祷。男在狱中虽苦，尚幸灵魂洁白无瑕，故宁死而不求虚伪、卑污、罪恶的自由。大丈夫头可断，志不可屈也。男非敢故违严命，亦非不念慈母之恩与夫弟妹之亲。然为国家为革命，也顾不得这许多了。望大人好好督促弟妹用功读书，将来长大以后，一定要走上我所走过的道路。

肃此，敬请

金安

男子侃叩上

（摘自邹子侃给父亲的信①）

【家书简析】

邹子侃（1912—1932年），浙江省临安人。1925年考入浙江公立农业专门学校。次年，加入中国共产党。不久，担任校党支部书记，积极开展秘密工作。1927年"四一二"反革命政变后，学校党组织被迫转入地下。受上级党组织指示，参与建立杭州笕桥平民学校，被聘为校务委员，从事农民运动。同年11月10日晚，被国民党军警逮捕，后关押在国民党浙江陆军监狱。艰苦的监狱生活使他患上了严重的猩红热和肺结核，高烧昏迷，经过他父亲的竭力疏通，得以保外就医，病愈后，他毅然选择重回狱中，和难友们共同开展狱中斗争。1930年春，中共狱中特别支部成立，他担任组织委员。同年底，特支进行了改组，任书记。提出了"自己救自己"的口号，积极执行党的"破狱"决定，以共产党员为骨干，发动团结了70多名难友，成立大、中、小队行动组，自己亲任总指挥，制订越狱暴动计划。1931年3月，由于叛徒出卖，暴动计划暴露，遭到传讯。面对酷刑，他坚不吐实，保护了其他同志的安全。1932年2月2日深夜，被秘密枪杀于狱中，时年20岁。

在土地革命时期，杭州的国民党陆军监狱是国民党反动政府长期囚禁、迫

---

① 中国青年出版社. 革命烈士书信汇编本［M］. 北京：中国青年出版社，2015.

害共产党人和革命者的主要场所。被关押的共产党人和革命者始终坚定崇高的共产主义理想和信念，保持坚贞不屈的革命气节，采取各种斗争方式，团结群众，激励自己，同反动当局进行艰苦卓绝的斗争，屡次取得胜利，涌现出许多可歌可泣的动人事迹。在狱中坚贞不屈的共产党人与凶残的国民党反动派做坚决的斗争。哪怕国民党反动派对陆军监狱中的"政治犯"凶狠残暴，丧心病狂地进行虐待、迫害和屠杀，其手段卑鄙毒辣，令人发指。但为了中华民族站起来、为了更多数人的自由，身陷牢笼的共产党人采取了各种公开、半公开、秘密的特殊工作方式和斗争形式，与国民党反动派进行了英勇的斗争，写下了光辉的历史篇章。

【家书摘编】

柳华弟：

接读来信，得知尊意。

现在我且把我底意见，写在下面：

我们跋涉千里到外面来读书，到底为的什么？是否只想借此弄得一个饭碗，终身做个糊涂虫呢？还是想为我们前途幸福计，去改造社会呢？欲明此理，我们必先要明白今日社会里面知识阶级（我们也在这个阶级）的地位。

今日的社会，是资产阶级与无产阶级对峙的社会。资本家日日压迫工人，工人日日反抗资本家。而我们这些知识阶级是介乎资产无产两阶级之中的，一方面我们受资本家的压迫，他方面我们也在压迫工人。所以进退维谷的知识阶级要想解放自己，只有两条路可走：一、我们帮助资本家阿谀资本家去压迫劳动者，以图获一点余润；二、我们帮助工人去与资本家争斗，以图解放无产阶级，同时即解放我们自己。可是我们要走前一条路，在资本家欢喜我们的时候，可以赐给我们一点利润，一旦反目，即向我们大发威武了。况且资本日日集中，中产阶级渐渐落入无产阶级，我们这些知识阶级，日日有破产的危险，日日有变成纯粹无产者的倾向，你虽向资本家求欢，也无济于事。可见我们唯一的出路，只有帮助劳动阶级去打倒资本阶级，去解放劳动者，去解放自己。

……

可怜我们受环境的压迫，婚姻不得自由，求学不得自由，择业不得自由，而且一盼前途，就觉茫茫毫无把握，不知自己的生活怎样才可解决。唉！这样的环境，难道不能或不应当把他打碎吗？不过这不是局部问题，乃是政治问题，政治改良，环境自不求自善。柳华，"人是政治的动物"，我们应当负改革中国政治的责（编者注：原文到此为止）

柳华弟：

苦呀！我们处在这帝国主义和军阀的两重压迫之下，自由已剥夺殆尽，生活已日益不安。帝国主义者无辜屠杀我们同胞，军阀随意蹂躏爱国运动，现在这两重压迫已日益加紧了。可是压迫愈紧，反动力也愈大，我们一息尚存，总应拚（拼）死命地去向他们猛攻，何患他们没有推倒之一日。柳华，我们应以国民革命的手段，联合国内的革命分子和世界上的被压迫者，去打倒帝国主义，去铲灭军阀，那我们的自由，才可恢复，我们的生活，才可安宁。柳华，愿你努力革命！愿你努力革命！

列宁先生说："没有革命的理论，就没有革命的事实。"我们既要革命，必须先研究革命理论，实习革命方法。于是我毅然决意到莫斯科进中山纪念大学，去预备革命了。

我不久就要远别祖国，北赴自由之邦，三四年后我再把莫斯科的精神，尽量地带入祖国。柳华，再会吧！

（摘自王稼祥给堂弟王柳华的信①）

【家书简析】

王稼祥（1906—1974年），原名嘉祥，又名稼蔷，安徽省泾县桃花潭镇厚岸村人。忠诚的马克思主义者、杰出的无产阶级革命家、中国共产党和中国人民解放军卓越领导人、中国共产党和新中国对外工作的开拓者之一。王稼祥在家乡厚岸柳溪小学读书时和堂弟也是同班同学王柳华相交甚好，在王稼祥后来赴芜湖圣雅各中学、上海大学附中和莫斯科中山大学学习期间，与王柳华一直保持着书信联系，在信中称王柳华是他"唯一可以讨论的良友"。

王稼祥勤奋好学，善于独立思考，总是紧跟时代步伐，不断修正自己的人生目标。从王稼祥与堂弟柳华的数封信中，可以看出他在早年学习生活的基本脉络和思想的深刻转变。他在信中表达了对青年人的希望，对恋爱、婚姻、家庭等问题的看法和对国际革命和中国革命的认识。王稼祥从自己婚姻、求学、择业三件事"不得自由"的切身感受出发，认为应当担负起改革中国政治的责任。他抛弃读书为谋生的观念，转而寻找真理；他摆脱封建婚姻的桎梏，投身革命；从追求进步的少年转变成了具有初步共产主义思想的青年。

---

① 中共中央文献研究室. 老一代革命家家书选［M］. 北京：中央文献出版社，1990.

【家书摘编】

凡仕宦之家，由俭入奢易，由奢返俭难。尔年尚幼，切不可贪爱奢华，不可惯习懒惰。无论大家小家、士农工商，勤苦俭约，未有不兴，骄奢倦怠，未有不败。尔读书写字，不可间断，早晨要早起，莫坠高曾祖考以来相传之家风。吾父吾叔，皆黎明即起，尔之所知也。

凡富贵功名，皆有命定，半由人力，半由天事。惟学作圣贤，全由自己作主，不与天命相干涉。吾有志学为圣贤，少时欠居敬工夫，至今犹不免偶有戏言戏动。尔宜举止端庄，言不妄发，则入德之基也。

沅弟左右：

弟读邵子诗，领得恬淡冲融之趣，此是襟怀长进处。……邵尧夫虽非诗之正宗，而豁达、冲淡二者兼全。吾好读《庄子》，以其豁达足益人胸襟也。去年所讲"生而美者，若知之，若不知之，若闻之，若不闻之"一段，最为豁达。推之即"舜、禹之有天下而不与"，亦同此襟怀也。

吾辈现办军务，系处功利场中，宜刻刻勤劳，如农之力稿，如贾之趋利，如篙工之上滩，早作夜思，以求有济。而治事之外，此中却须有一段豁达冲融气象，二者并进，则勤劳而以恬淡出之，最有意味。余所以令刻"劳谦君子"印章与弟者，此也。

（摘自曾国藩家书①）

【家书简析】

曾国藩一生写过数千封家书，一方面是向家中报告自己在做官和治学方面的进步，更重要的方面就是通过家书来教导家里的兄弟子侄后进晚辈，希望他们能够在学问方面耕耘不辍，在做事上能够谨慎练达。哲学家康德说："真正的自由不是随心所欲，而是自我主宰。自律即自由。"曾国藩一生都致力于自身的修为，从一开始的懵懂到最后的通透，经过了一个漫长而又艰难的过程，他是一个将自律做到极致的人。虽然出身平凡，身上有很多粗鄙的陋习，但从他立志做圣人开始，就将自律奉行到底，最后达到了古今少有的"完人"成就。曾国藩在给弟弟的信中写道，弟弟读邵子诗，领会到了其豁达、冲淡二者兼备之意。他说自身现在处在军务功利场中，但要时刻勤劳，工作辛劳之余，

---

① 曾国藩. 曾国藩家书［M］. 南昌：江西人民出版社，2016.

会处置恬淡，最有意味。

【家书摘编】

给梁思成的书信：

若专为生计独立之一目的，勉强去就那不合式或不乐意的职业，以致或贬损人格，或引起精神上苦痛，倒不值得。

给孩子们书：

我生平最服膺曾文正两句话："莫问收获，但问耕耘。"将来成就如何，现在想他则甚？着急他则甚？一面不可骄盈自慢，一面又不可怯弱自馁，尽自己能力做去，做到那里是那里，如此，则可以无入而不自得，而于社会亦总有多少贡献。

（摘自梁启超致儿女们的信①）

【家书简析】

梁启超对儿女的教育关怀细小甚微，并没有因为与家人聚少离多，而影响和阻断他与儿女间的亲情。梁启超善于通过书信的方式时刻关心儿女的学习与成长状况，以上书信第一封节选是梁启超对儿子梁思成职业选择的建议。虽然建筑系是一个枯燥的学科，但梁启超认为发自内心的喜爱，才是职业发展的动力。梁思成全身心投入，确是出于真心地喜欢。梁思成就读于美国费城宾州大学建筑系学习，学成之后回到国内。中华人民共和国成立后，梁思成在清华大学组建了第一个建筑系。

梁启超对自己的孩子寄寓厚望，但从不强迫孩子们，并时常鼓励他们："我常说天下事业无所谓大小，士大夫救济天下和农夫善治其十亩之田所成就一样。只要在自己责任内，尽自己力量去做，便是一等人物。"

习近平总书记曾强调广大家庭都要弘扬优良家风，以千千万万家庭的好家风支撑起全社会的好风气。好家风不仅有利于提高家庭成员的道德素质，还有利于形成良好的社会风尚。梁启超家庭教育思想主要包括：爱国主义教育、趣味教育、挫折教育、寒士家风教育以及培养独立能力五方面的内容。其中他特别提倡培养子女的独立能力，同时注重为子女创造独立自由的空间。他要求子女们不要读死书、死读书，要到生活中去学习知识、去汲取"养分"，学会生

---

① 梁启超. 梁启超家书校注本［M］. 桂林：漓江出版社，2017.

存。教育的过程，是为子女创造一个独立、健康、自由、自主的成长空间，让子女的才能自由地发挥；教育的意义，是让子女们具备独立的思考与行为能力，让其成为自由的而非千篇一律的"独立人"。这不仅仅是子女成长的需要，更是社会发展的需要。

【家书摘编】

给资崩的信：

……

人生的意义就是为了求现实的快乐。只因为立场不同，有的看得远，有的看得近，有的有理智，有的没有理智可以控制的，便凭着冲动来决定他的行为，做起事来的方式也就不同了。……

要是我们时刻注意卫生体育而改善肉体，经常诚实待人而获得了互信可以合作的朋友，时刻学习，努力工作而开启了智慧之门，事业有进展，快乐便会经常跟我们自己走。这一切微小的快乐汇集起来，便是温暖的家庭与康乐的国家的基础，个人的快乐便与大众的快乐结合在一起。

亲爱的孩子：

就算我们是乌龟吧！让我们自强不息有始有终干下去。

亲爱的娟：

有用之材，就是一支针，一把剪子也是好的，何必一定要做栋梁吧。

只要你的学习和工作能够使你自己快乐，人人快乐，永久快乐，那么你的生活便是挺有意义的了。

（摘自杨逵致儿女们的信①）

【家书简析】

杨逵（1905—1985 年）是台湾地区当代著名的作家、思想家和社会活动家。他的一生崎岖坎坷，正是一部台湾地区人民历史写照。一生抗日爱国，历经政治迫害，被捕入狱十余次，"在冰山下活过 70 年"，仍坚持斗争，从不屈服。他受马克思主义思想影响颇深，一生秉承劳动救民的观念。坚持现实主义原则，反对"吟风弄月""无病呻吟"，强调文学应有"控诉精神，"文学史上

---

① 杨逵. 绿岛家书［M］. 北京：中国工人出版社，2019.

充满昂扬的民族意识和抗争精神的文学斗士。在他的身上充分体现了中国人民压不垮、打不倒的硬汉精神。《绿岛家书》贯穿始终的两个主题是"乐观"和"自强不息",实则包含两层意思,一是表达台湾同胞对统一的渴求,二是用自己的经历教育孩子学会独立思考、学会乐观和坚强。正是这两种精神伴随作者的孩子们的成长,也伴他度过了黑暗中漫长的岁月。

二、平等篇

【家书摘编】

一件事本为儿女好的,那晓得反害起儿女来,比比皆是:最头痛的就是替儿女订婚。……唉!父母的一片好心,做儿女的无有一个不感激,不过盼望做父母的改换方法来爱儿女就行了……弟弟妹妹们都长大了,……无论如何总要他们念书……比以前不一样了,男女都一样。

(摘自邓恩铭给父母亲的信①)

【家书简析】

邓恩铭(1901—1931年),中共一大、二大代表,无产阶级革命家,中国共产党创始人之一,是中国共产党第一次全国代表大会中13位代表之一,曾任中共山东省委书记,是山东党组织早期组织者和领导者。邓恩铭在学校学习和投身革命的十几年间,主要通过书信与远在贵州的家人保持联系。目前留存的数十封家书,都是邓恩铭走上革命道路后在山东期间写给家人的,从中流露出邓恩铭热爱家人、反抗旧俗和视死如归的优秀品质。

此信写于1922年,在信中邓恩铭谈到了婚姻自由、男女平等、让弟弟妹妹读书。由此可见,在当时,一大批爱国进步青年受新文化运动和马克思主义的影响,思想得到解放,追求自由平等。虽是家书,但也可以看出中国共产党早期领导人的革命志向和高尚情怀。

---

① 张业赏. 邓恩铭 [M]. 北京:中共党史出版社,2005.

【家书摘编】

渼妹：

······

知行一点钟内可以抵汉，拟于二十三日回安庆，二十四日赴芜湖。回京日期当在十二月初。

知行近日买了一件棉袄，一双布棉套裤，一顶西瓜皮帽，穿在身上，戴在头顶，觉得完全是个中国人了，并且觉得很与一般人民相近得多。

我本来是个中国的平民。无奈十几年的学校生活，渐渐的把我向外国的贵族的方向转移。学校生活对于我的修养固有不可磨灭的益处，但是这种外国的贵族的风尚，却是很大的缺点。好在我的中国性、平民性是很丰富的，我的同事都说我是一个"最中国的"留学生。经过一番觉悟，我就像黄河决了堤，向那中国的平民的路上奔流回来了。

平民教育的宗旨是要叫种种人受平民化。一方面我们要打通层层叠叠的横阶级。如贫富、贵贱、老爷小的、太太丫头等等，素来是不通声气的，我们要把他们沟通。又一方面我们要把深沟坚垒的纵阶级打通。纵阶级的最昭著的是三教九流七十行，江南江北、浙东浙西、男男女女等等都是恶魔把他们分得太严。这种此疆彼界也非打通不可。民国九年，南京高师办第一次暑期学校的时候，胡适之、王伯秋、任鸿隽②、陈衡哲、梅光迪诸先生和我几个人在地方公会园里月亮地上彼此谈论志愿，我说我要用四通八达的教育，来创造一个四通八达的社会。我这几年的事业，如开办暑期学校、提倡教职员学生之互助、提倡男女同学、服务中华教育改进社，都是实行这个目的。但是大规模的实行无过于平民教育。我深信平民教育一来，这个四通八达的社会不久要降临了。

我这一个多月来随便什么地方都去传平民教育。四天前，我到南昌监狱里去对四百个犯人演讲，我说人间也有天堂地狱。若存好的念头，心中愉快，那时就在天堂；若存坏的念头，心里难过，那时就在地狱。我说到这里，忽然得到一个意思。这个意思就是天堂地狱也得要把他们打通，后来我想了一句上联送自己："出入天堂地狱"。下联没有想出来，请你给我对起来罢！

这次在轮船上觉得很安逸。记得前年我们到牯岭去，轮船上一夜数惊。我们生来此时，有一定使命。这使命就是运用我们全副精神，来挽回国家厄运，并创造一个可以安居乐业的社会交与后代。这是我们对于千万年来祖宗先烈的责任，也是我们对于亿万年后子子孙孙的责任。

这时我在汉口南洋宝酒楼。这是徽州馆。我在这里吃牛肉面，吃得饱得很，只费了一角五分钱。

再过半点钟，我就要渡江到武昌去了。我现在康健快乐。敬祝你和全家康健快乐。

十二年十一月十二夜写起

十三日早晨写了。

（摘自陶行知致妹妹陶文渼的信①）

【家书简析】

陶行知（1891—1946年），是我国伟大的社会改革家，是中国20世纪推动中国现代化的先驱。他坚持以与时俱进的生活教育来推动川流不息的现代化。他曾多次创办社会大学，并提出"生活即教育""社会即学校"等口号，旨在推动民主教育。他热爱人民，鞠躬尽瘁，手脑并用，勇于创新，对祖国和人类所做出的贡献及取得的成果是多方面的。在给妹妹陶文渼写的这封信中，提出来要挽回"国家的厄运"，应该创造一个"四通八达"的社会。他认为一个健康的社会一定是一个以平等作为前提的、上行下达十分通畅的社会。这个社会应该建设一个良性互动的结构，为每个成员提供一个相对均等的机会，促使各阶层、各群体之间能"横向的"与"纵向的"互动，但这都要建立在个人能力、勤奋基础之上，而不是祖宗保佑、父母荫庇之下。

【家书摘编】

正德十三年（1518年）

……

吾家祖父以来，世笃友爱。至于我等，虽亦未至若他人之互相嫌隙，然而比之老辈，则友爱之风衰薄已多。就如吾所以待诸弟，即其平日，外面大概亦岂便有彰显过恶。然而自反其所以，推己尽道，至诚恻怛之处，则其可愧可恨，盖有不可胜言者。究厥所以，皆由平日任性作事，率意行私，自以为是，而不察其已陷于非；自谓仗义，而不觉其已放于利；但见人不如我，而不自见其不如人者已多；但知人不循理，而不自知其不循理者亦有；所谓"责人则明，恕己则昏"。日来每念及此，辄自疚心汗背。

---

① 陶行知. 陶行知全集第8卷［M］. 成都：四川教育出版社，2005.

痛自刻责，以为必能改此凶性，自此当不复有此等事。不知日后竟如何耳。诸弟勉之。勿谓尔兄已为不善而鄙我，勿谓尔兄终不能改而弃我。"兄及弟矣，式相好矣，无相犹矣。"诸弟勉之！

……

（摘自王阳明致诸弟的信[①]）

【家书简析】

这是正德十三年（1518年）王阳明写给大家庭弟弟们的信，表示从祖父那辈人开始，一家人都相处得特别忠实友爱。到了自己这一辈，和老辈相比，兄弟间友爱的风气已经衰败浇薄了不少。作为守字辈长兄，为起好榜样作用，以自我批评方式教育弟弟们要为善去恶致良知，知行合一做圣贤，倡导营造和谐良好大家庭氛围。"毋责人，但自治"是王阳明家训的主要观点之一。信中折射出王阳明对照圣贤标准反省自己，对自己严加责备，严格要求自己，主张反观自身、严于律己、宽以待人、自我提升。我们也不难发现，现实生活中越自律，越自由。

【家书摘编】

各位盲童朋友：

我们是朋友。我也是个残疾人，我的腿从21岁那年开始不能走路了，到现在，我坐着轮椅又已经度过了21年。残疾送给我们的困苦和磨难，我们都心里有数，所以不必说了。以后，毫无疑问，残疾还会一如既往地送给我们困苦和磨难，对此我们得有足够的心理准备。我想，一切外在的艰难都不算可怕，只要我们的心理是健康的。

譬如说，我们的心理是朋友，但并不因为我们都是残疾人，我们才是朋友，所有的健全人其实都是我们的朋友，一切人都应该是朋友。残疾是什么呢？残疾无非是一种局限。你们想看而不能看，我呢，想走却不能走。那么健全人呢，他们想飞但不能飞——这是一个比喻，就是说健全人也有局限，这些局限也送给他们困苦和磨难。很难说，健全人就一定比我们活得容易，因为痛苦和痛苦是不能比较出大小来的，就像幸福和幸福也比不出大小一样。

痛苦和幸福都没有一个客观标准，那完全是我的感受。因此，谁能够保持不屈的勇气，谁就能够更多地感受到幸福。

---

① 王阳明. 王阳明家书 王阳明家书家训家规全集［M］. 北京：台海出版社，2017.

生命就是这样一个过程，一个不断超越自身局限的过程，这就是命运，任何人都是一样。在这过程中我们遭遇痛苦，超越局限，从而感受幸福。所以一切人都是平等的，我们毫不特殊。

（摘自史铁生在 1993 年写给盲童的一封信①）

【家书简析】

史铁生（1951—2010 年），中国作家、散文家。习近平在《黄土地的儿子》一文中提到了一位曾经当过知青的知名作家，便是史铁生。他曾在延川县关家庄清平湾插队，在插队期间双腿瘫痪，用近二十年的漫长岁月，对生命进行了反复的思考和叩问，不断坚定活下去的理由。他被人评价为是一个生命的奇迹，漫长的轮椅生涯里的至强至尊，一座文学的高峰。他完成了众多身体健全人都无法完成的事，他对于人的命运和现实生活的冲突，并未停留在表面思考，而是去拷问存在的意义。

在这封写给盲童的信中，史铁生以切身经验为他们讲述了自己对苦难的认识和对残疾处境的感悟。他在信中用"朋友"这一个平等、真诚的词语来称呼与他一样经受着同样"困苦与磨难"的盲童朋友们，拉近了彼此的心理距离，也更是双方相互认同、彼此理解的一种默契。正如信中所说，"残疾无非是一种局限"，任何人都不可能逃离局限。残疾人就像是"折翼天使"，他们和健全人一样拥有追求幸福的权利。在现实生活中，"折翼天使"们不乏依靠自己的力量实现梦想，用顽强的意志走向成功。这也正是史铁生想传达给我们的"一切人都是平等的，我们毫不特殊。"

三、公正篇

【家书摘编】

亲爱的父亲：

今天已是十二月二十一号，只有九天就要过年了。雪下得这样深，天气是这般的冷，在我倒不觉得什么，就困苦了家里了。我每每喜欢下雪，不是吗？雪景是多少美丽，银白的宇宙，咳！银白的屋，银白的天空，银白的地面，一

---

① 史铁生. 写给盲童朋友 [EB/OL]. 2019－03－13 [2019－03－13]. https://www.sohu.com/a/301420518＿100034360.

切是白了，一切都闪闪的发亮了，就连那粪坑，秽堆都穿上了最光荣最洁白的雪了。虽然它的本身是那末糟，但是在我眼里却只看见一个整个的银白的宇宙了！因此，我是十二分的喜欢！喜欢这样的雪永远永远压盖着宇宙。父亲，你说我是怎样的回转到小孩一样的心地了。

父亲，我诚然很年青，我应该还是个小孩才好呀！但在过去却偏偏又是老大得了不得，几乎什么都像八十岁的老公公了，我自己也总喜欢去学着老，总以老的为好的，老资格为光荣的事体；但现在转变了，我处处都想学着小孩子，学着她那种天真、自然的形状，我只觉得我应该请小孩子做我的先生呀！

父亲的身体如何？母亲的身体如何？我非常想念。我总希望母亲也能看穿些，快活些，不必就就干一切，不必过分忧愁忧思呀！这是一时的情形，这是一个必然的过程。做人不吃苦，人是不能算人的，我们也真像吃青果一样的有滋味，我们在辛涩的里面有甜味。我们虽然苦，但我们的良心没有受罪；我们虽然苦，我们依旧有我们至高无上的精神的愉快；总之，我们是真理的追求者，我们是最公正无私的人，我们是最快活的人呀！

十八年过去了，这是一封十八年底的家信，照理应该将我这一年来的读书情形、心理的变动，环境的转化等等，详详细细的报告给父亲听听，但是，父亲啊！这又怎样报告起呢？父亲，我只有一句话告诉你："我竟将十八年荒废了去了。"我只有恳求你宽恕我的堕（惰）学，只有请你准许我的要求："给我在十九年里有一个自新努力读书的机会罢！"

再谈了。祝父亲母亲康健愉快，弟弟妹妹身体好！用功读书！并颂新年快活！

儿子潮　上

1929.1.22

（摘自高文华致父亲的信①）

【家书简析】

1922 年，高文华 15 岁时，离开家乡无锡到南京读书。两年后，他投笔从戎，南下前往黄埔军校求学。在那里，他结识了许多共产党员，并加入了中国共产党。1925 年，高文华参加东征讨伐军阀陈炯明的战斗。1926 年 1 月，高文华从黄埔军校第三期毕业，5 月进入广州国民政府高级政治训练班学习。一

---

① 恽代英，邓中夏，赵一曼. 红色经典丛书 红色家书［M］. 南京：江苏文艺出版社，2017.

天，他接到父亲的来信，说已经为他在胶济铁路找到一份月薪 60 大洋的工作，希望他前去就职。在当时，60 大洋不是个小数目，高文华却不为所动，他给父亲回信说："我是一个革命者，怎能受钱的牵动呢？老实说，山东有六百、六千元一月的事，我都不做的。"他决心要做"使天下穷苦人将来吃饱穿暖的事。"后来，他再次给父亲写信表明志向："欲得安宁快乐之生活，非先打倒帝国主义军阀不可。""四一二"反革命政变发生后，高文华毫不畏惧白色恐怖，根据组织安排，回到家乡无锡继续革命，任共青团无锡地委宣传委员。随着 8 月下旬中共无锡县委的建立，共青团无锡地委同月也改建为共青团无锡县委。高文华同时担负起党和团的宣传工作。11 月，在无锡党、团县委秘密机关遭到破坏的严峻时刻，他临危受命，接任共青团无锡县委书记。1928 年 3 月，高文华外出联络工作时被敌人发现，不幸被捕。危急时刻，高文华迅速将手头的党团组织成员名单吞进腹中。敌人用尽酷刑，高文华却始终只有一句话："要头有，要名单没有。"敌人审问了三个月一无所获，只得将高文华送交南京国民党特种刑事法庭，以"组织反革命团体并执行重要任务"为由，判处他"二等徒刑九年"。

这是高文华烈士在新年前夕给父亲写的一封家书。信的落款"潮"用的是他的笔名高潮。面对着皑皑白雪，这位身陷囚笼的革命者却没有觉得寒冷、沮丧，而是为这压盖着一切"秽堆"的"整个的银白的宇宙"而欢呼。他像个孩子一样，内心纯净而快乐。这份快乐，来源于坚定的信仰。在信中，他对父亲说，"我们虽然苦，但我们的良心没有受罪。我们虽然苦，我们依旧有我们至高无上的精神的愉快；总之，我们是真理的追求者，我们是最公正无私的人，我们是最快活的人呀！"

虽然身陷囹圄，高文华仍然坚持战斗。他在狱中写诗，写文章，歌颂共产党领导的人民革命，揭露国民党的罪恶行径。狱中的非人生活和残酷迫害，使高文华的身体受到了严重的摧残，他敌不住伤寒瘟疫的侵袭，于 1931 年 8 月 29 日不幸去世。这个尚不满 24 岁正值青春年华的革命者，没有留下任何钱财，留下的只有近百封信件和狱中写下的《端午》《屈原》《饿囚之哀叫》《饿囚之死》等多首战斗诗篇，激励着无数后人为中华民族的复兴而不懈奋斗。

【家书摘编】

沅弟、季弟左右：

　　……

　　余家目下鼎盛之际，余忝窃将相，沅所统近二万人，季所统四五千人，近世似此者曾有几家？沅弟半年以来，七拜君恩，近世似弟者曾有几人？日中则昃，月盈则亏，吾家亦盈是矣。管子云："斗斛满则人概之，人满则天概之。"余谓天概之无形，仍假手于人以概之。霍氏盈满，魏相概之，宣帝概之；诸葛恪盈满，孙峻概之，吴主概之。待他人之来概而后悔之，则已晚矣。

吾家方丰盈之际，不待天之来概，人之来概，吾与诸弟当设法先自概之。自概之道云何？亦不外清、慎、勤三字而已。吾近将清字改为廉字，慎字改为谦字，勤字改为劳字，尤为明浅，确有可下手之处。

……

余以名位太隆，常恐祖宗留饴之福自我一人享尽，故将劳、谦、廉三字时时自惕，且亦愿两贤弟之用以自惕，且即以自概耳。

……

（摘自曾国藩致沅弟、季弟的信①）

【家书简析】

曾国藩一生为国家效力，品行被世人所赞。可正是由于曾国藩一生为公，从不计较私利，使得其生活拮据。从官几十载，从不贪污的曾国藩，一直怀着一颗正直的心，除了为数不多的朝廷俸禄之外，曾国藩别无其他收入。曾国藩在给弟弟们的信中写道，曾家正值鼎盛时刻，做人需要随时以清廉谨慎勤劳保持自知、自省和自勉。在清廉方面，特别提到不妄取分毫，不多送亲戚。

曾国藩通过树人立法，脱胎换骨打造湘军，坚持在军中严惩贪污。带出一批宁可肥公、不可肥私的湖湘廉将、廉官。他说："欲服军心，必先尚廉介。"严格恪守"当官以不要钱为本"的信念，"以号召吾乡之豪杰，明不欲自欺之志。"他深知廉洁对于战斗力的重要性，只有立定不要钱、不怕死之志，才能组织起一支真正有战斗力的队伍。

【家书摘编】

伟鼎：

舍己为公，大公无私，公而忘私，是先进的。

先公后私，公私兼顾，是允许的。

先私后公，私字当头，是要教育批评的。

假公济私，损公肥私，是要制止与打击的。

---

① 曾国藩. 曾国藩家书［M］. 北京：中国言实出版社，2017.

表面为公，暗中为私，是伪君子，是要防止的，千万不可重用也！

鲁冠球

1997 年元月 22 日

（摘自鲁冠球致儿子鲁伟鼎的信①）

【家书简析】

鲁冠球，浙江萧山人，浙江万向集团董事局主席兼党委书记。15 岁辍学，做过锻工。是改革开放以来中国民营企业家的杰出代表人物。这是他于 1997 年写给已经接任万向集团总裁一职三年的儿子鲁伟鼎的信。从信中，可以看出作为父亲对儿子寄予了厚望，紧紧围绕着"公"与"私"，道出做人的根本原则，希望儿子能做到公正，同时在识人、用人方面要加以区分。

四、法治篇

【家书摘编】

亲爱的外公：

您知道吗？您魂牵梦绕的兰考，如今脱贫了，是在习近平总书记亲自的关怀下摘下了世世代代扣在咱们兰考人头上的那顶穷帽子，过去的风沙内涝盐碱变成了今天的金山银山绿水青山，一望无尽的良田和一片片的泡桐林成为咱们兰考的名片！外公，您知道吗？如今的焦家已经四世同堂，是一个 30 多人的大家庭，咱家的第三代也都走上了各自的工作岗位，秉承咱们焦家的家风"做人讲感情、做事讲担当"，在各自的领域做着自己力所能及的贡献，咱们这个大家庭非常和谐温暖幸福。

外公，转眼间 55 年过去了，您的子孙们是多么的想念您啊！外公，在您去世后一段时间，外婆和家人度过了一个又一个没有鞭炮、没有欢笑的春节。妈妈告诉我，她那时候最怕过春节、也最怕过清明节。那些年，每年到了除夕夜，外婆都是流着泪包一整夜的饺子。大年初一下完饺子后，她却不吃不喝地躺上一整天。只有妈妈心里清楚，外婆是在想念您啊！每到清明节，外婆手把着我们的小手给您扫墓，她有几次哭得晕倒在您的墓前，不得不让人挽着她回家。那情景让家里的每一个人心都碎了。

---

① 许东良，来钧. 一封家书・家国档案七十年 ［M］. 北京：中国广播影视出版社，2020.

随着父母慢慢地变老，我们也都在渐渐地成长起来。您的孙辈中，如今最小的也都成家立业了。过了而立之年的我们，同样也是食人间烟火的普通人，也面临着"票子""房子""孩子"等种种生活中的难题。虽然在外人看来，出生在这样的家庭可以说是自带光环，但我们从来不敢懈怠，都在各自的工作岗位上踏踏实实地工作着。生活中的我们无论过得好与不好，都传承您的教诲，本分做人，担当做事。我们都可以无愧地对您说，我们都是您的好子孙，我们都在践行咱们焦家的家风。

每年的正月初三、清明、忌日，家里人都会在您的墓前祭拜，说说各自的心里话，看看兰考的新面貌。同时，我们"焦三代"也接过了接力棒，也担负起了宣传员的任务，做焦裕禄精神的宣传员，也做咱们新兰考的宣传员！兰考的今天是您的遗愿，是赶上了咱们中央的好政策！作为子孙，作为焦家人，弘扬光大我们责无旁贷！

今年，是您的55周年忌辰。这55年来，我们对您的追思常常泪湿衣衫，就像习近平总书记在《念奴娇·追思焦裕禄》中提到的"把泪焦桐成雨"。在党和政府的关怀下，咱兰考成立了焦裕禄干部学院，全国的县委书记都来到了咱们兰考做主题教育，相信会有更多个新时代的"焦裕禄"涌现出来，会有更多的"兰考县"走出贫困，迎来小康。每次看到咱们兰考的新闻，都会想起您，这对我们孙辈也是一个莫大的鞭策，要无愧于"焦裕禄"三个字！每每听到母亲在报告会上提到您在兰考的工作，以及您和家人之间的那种挚爱深情，总会在内心深处涌起一股浓浓的思念之情，真想您还在，真想您能告诉我们如何做人、做事……

如果您活着，您也一定会对咱们这个四世同堂的大家庭喜不自禁。酷爱唱歌的您一定想不到，我已经成长为国有最大院团、中国歌剧舞剧院的部门负责人，在歌剧《焦裕禄》中演绎了60多场男一号焦裕禄，不知道是不是遗传了您的文艺基因，我从音乐学院毕业后顺利走上了演员的道路，一直在学着您的样子做人、做事。我想，如果您还在世，您一定会想指挥我们一家人高唱那首《黄河大合唱》，我多想在您的指挥下去演唱那一段脍炙人口的《黄河颂》，我们一家三十口人也录上视频、发个朋友圈再发个抖音，真是想想都觉得幸福！而这一切，也都仅仅成为一种奢望，成为我们永远圆不了的一个梦。想来，梦想还是要有的，只是实现的途径不一样，唱好歌、做好人、做好事，让舞台更大，让观众更多，无论我还是子孙辈的我们，都会在各自的岗位上搭建更大的舞台，唱响更高亢的主旋律！

如果您活着，您也会为党和国家对我们这个小家庭的关心倍感欣慰。习近平总书记曾两次专门参观了您生活、工作的地方，还与焦家人坐在一起，亲切地询问着我们工作生活的点点滴滴。习近平总书记说，见到我们很高兴、很亲切，就像见到自己家里人一样。

外公，如果您活着，您一定会倍感欣慰。您太爱兰考这片土地了，兰考的一草一木，一沟一壑您都用脚丈量过。现在您所牵挂的这片土地变得富饶美丽，您爱兰考的乡亲，他们也会像走亲戚一样来看您……我想，我会扶着您，去看看您治理过的沙丘，走访过的农户，和您亲手种下的那棵泡桐树。

可是您走了，已经走了很久。我们知道您没有走远，没有走出兰考，或许您只是太累了，想躺在兰考温暖而柔软的沙岗上歇息一下。白色的大理石石棺没有隔断我们，我们还能清晰地看到您的影子。

我们想念您，亲爱的外公！

外孙：余音

2019 年 4 月 4 日

（摘自焦裕禄外孙给焦裕禄的家书①）

【家书简析】

这是焦裕禄的外孙余音在 2019 年 5 月 14 日，焦裕禄逝世 55 周年的日子写给焦裕禄的家书。每逢忌日倍思亲，通过家书告诉兰考近年来发生的巨大变化，同时也讲述焦裕禄树立"做人讲感情、做事讲担当"的焦家家风。

习近平总书记考察兰考时，在干部群众座谈会上把焦裕禄精神概括为五个方面："亲民爱民、艰苦奋斗、科学求实、迎难而上、无私奉献。"在这次调研中，习近平总书记进一步强调，要特别学习弘扬焦裕禄"心中装着全体人民、唯独没有他自己"的公仆情怀，凡事探求就里、"吃别人嚼过的馍没味道"的求实作风，"敢教日月换新天""革命者要在困难面前逞英雄"的奋斗精神，艰苦朴素、廉洁奉公、"任何时候都不搞特殊化"的道德情操。不难发现，焦裕禄精神的核心内容，与社会主义核心价值观的要求是一致的，与党的群众路线教育实践活动的主题也是高度契合的。

---

① 中央纪委国家监委网站. 55 年后，一起来听这封寄给焦裕禄的家书［EB/OL］. 2019−05−14［2019−05−17］. http://ccdi.gov.cn/yaowen/201905/t20190514＿193885.htm.

【家书摘编】

林侄：

收到你的信后久未回信，因事稍忙。你现任富顺县长职，事情更繁多，要独立工作，就要更全面地考虑问题。依靠党，相信群众，好好地执行政府法令，诚心诚意为人民服务，随时注意人民疾苦，使人民各得其所，发挥人民的智慧，以兄弟般的情谊对待人民，教育人民。乡间封建思想还很浓厚，尤其婚姻问题的旧习惯一时还改不过来，司法人员不遵行婚姻法，以致现在全国为婚姻而死亡的不少，这是要特别注意的。北京近来常演《梁山伯、祝英台》《小女婿》《小二黑结婚》等戏，政府再三命令切实执行婚姻法，而顽固分子常常阻挠，我们必须进行斗争来改正风气。有关农村生产经验及合作社互助组等方面的书刊，即由我现在的秘书钟涵同志常常为你收集寄去。《人民日报》《光明日报》《北京日报》每天都有很多好材料。

我曾为你订了几个月《人民日报》，收到否？重庆《新华日报》及地方报纸想也都常有这类文章、报告的登载，只要天天看报就能得到很多经验教训。你要有广播收音机，每天要听广播，并要作宣传，我们现在有一日千里的进步，必须时时留心时事。近来我身体很好，体重增加很多，身上比以前有肉了。乐毅已入本校专修科合作社班学习，性情已大有改善，本蓉已入保育院，他们都很好。淑芳写信来问，说很久没有接到她父亲的信，我想写信告诉她一点使她安心。这小孩还聪明，她说要争取入团，在培德中学学习也很好，要好好培养她。现在这些青年是很可宝贵的，只要我们大力培养他们，三、五年后我国有很多新青年，从此一定能成为富强的大国。你说你母亲生活很困难，用吴保秀名现寄给你三十万元作她急需之用。四嫂的生活如何，我常常担心，四姐住在城里，其卫也结婚了，我好久没有接到他们的信了。端甫常有信来，鞍山的大规模建设使他很感动，大有进步。你有空时就写信告诉我一切。

问你近好。

叔玉　草
（摘自吴玉章致侄子林宇的信①）

【家书简析】

这是吴玉章1952年写给侄子林宇的一封信，教育他注意群众疾苦，全心

---

① 本书编写组. 红色家书［M］. 北京：党建读物出版社，2016.

全意为人民服务，其中还专门谈到了《婚姻法》的执行问题。

吴玉章，原名永珊，字树人，四川荣县人；是我国杰出的无产阶级革命家、教育家、历史学家和语言文字学家、新中国高等教育的开拓者。他于1950年中国人民大学正式命名组建时担任校长长达17年，直至1966年逝世，为人民大学的诞生和发展做出了不可磨灭的贡献。在这封给当时任四川省富顺县县长的侄子信中谈道："乡间封建思想还很浓厚，尤其婚姻问题的旧习惯一时还改不过来，司法人员不遵行婚姻法，以致现在全国为婚姻而死亡的不少，这是要特别注意的。"在中华人民共和国成立初期，《婚姻法》在西南地区推行之初遇到了相当的困难和阻力，有的地区甚至出现了"离婚潮"和大量因婚死亡现象，吴老敏锐地指出"基层干部在宣传贯彻《婚姻法》的过程中存在着一些错误的思想和行为"。后来，在党和政府的领导下，各级政府对基层干部进行了动员和教育，西南地区逐步确立了新民主主义婚姻制度，从而促进了社会风气的转变。

第四节　在社会层面践行社会主义核心价值观

在现代社会，人类主要面临着五大冲突，即人与人、人与自然、人与社会、人与自我心灵以及不同文明之间的冲突。这五大冲突也造成了人类生态、社会、道德、精神和价值的五大危机。纵观历来家书，虽然所持不同伦理内容，谈论不同时代主题，但富含中华优秀传统文化的家训、家书都蕴含着对人与自然、人与社会群体、人与人、人与自我心灵世界的关系讨论，对化解不同时代人类面临的矛盾冲突及人生面临的困难、困惑，能够提供有益的精神滋养和价值影响。

一、在自由中践行社会主义核心价值观

人的自由全面发展是马克思主义的最终目标，是中国特色社会主义要实现的目标和理想，也是核心价值观的精神追求。自由是确立为社会主义核心价值观的重要内容之一，表明中国人对自由的追求提升到一个新的高度。从词面上看，人们容易把自由理解成自主自立、不受强制、自由选择的一种状态。但作为一种社会层面的思想，其含义和价值追求远不止于此。基于对马克思主义自由观的一脉相承，社会主义核心价值观之"自由"在其本质上既是作为经济、

政治、文化、伦理等诸自由的有机构成统一的整体性概念，也是扎根于现实发展并服务于现实发展的、具体的、现实的每个人的自由概念。社会主义条件下实现真正的自由，是要建立在发达的社会生产能力和丰富的社会财富基础之上（亦为"富强"），建立在政治清明、人人平等、老百姓当家作主基础之上（亦为"民主"），建立在人们的思想境界、道德水平普遍比较高的基础之上（亦为"文明"），建立在人与人、人与社会、人与自然友好相处、其乐融融的基础之上（亦为"和谐"），建立在环境优美、生态优良、天更蓝、山更绿、水更清的基础之上（亦为"美丽"）。但值得注意，自由是相对的，不是绝对的，它和纪律是一个统一体的两个矛盾着的侧面，人民既享受着广泛的民主和自由，同时又必须用社会主义的纪律约束自己。可以说，自由是人类共同的价值追求、是人类生存的本质追求，同时也是人类永远追求的梦想。

二、在平等中践行社会主义核心价值观

中国共产党人在马克思主义理论指引下，把平等作为中国特色社会主义核心价值理念，科学发展社会主义各项事业。《辞海》对平等的定义是：人民群众在社会上处于相同的地位，在政治、经济、文化等各方面享有同等的权利。长期以来，平等是人类社会发展过程中关于地位、权利等诸多方面反映出的人们渴望公平的社会状态。社会主义核心价值观的平等的实现要以社会主义制度为基础，平等的实现是一个漫长的过程，需要平等的理念不断深入人心、平等的规则日趋健全和完善、平等的行为日趋规范。党的十八大把"平等"作为社会主义核心价值观层面的基本范畴，体现了社会主义的本质要求，也突出社会主义初级阶段这一最为根本的时代特征。中国共产党代表人类社会的发展方向，对外提出了人类命运共同体的设想，追求国家、民族、文化之间地位平等；对内提出实现中国梦，谋求国家的尊严、民族的希望，寻求并实现人民群众的政治、经济、社会平等和权利、机会、人格平等。

三、在公正中践行社会主义核心价值观

在当代，公正也是一个历久弥新的话题。每个人都期望生活在一个公正的社会中。只有在公正的社会中，人民才能心情愉悦、各得其所、安居乐业。俗语也有云："一视同仁、一碗水端平。"还比如"不偏不倚、大公无私、铁面无私等"，都充分反映了人们对于公正的追求。

在我国改革开放时期，公正既是人民群众普遍关注的一个热点问题，也是培育和践行社会主义核心价值观的重要内容。党的十八大报告中提出，公平正义是中国特色社会主义的内在要求，必须坚持维护社会公平正义。对于这样一个热点问题，我们应该如何批判继承中外公正思想的精华，如何科学认识当代公正观的丰富内涵，如何有效推进社会公正的实现呢？

今天，我们提倡和弘扬社会主义核心价值观，必须从中汲取丰富营养，否则失根、失魂的核心价值观就不会有生命力和影响力。深刻阐发和理解中华文化中强调的关于"公正"的思想理念，这些理念不论过去还是现在，都有其鲜明的民族特色，都有其永不褪色的时代价值，它们依然活在当代中国人的心里。这些思想理念，在时间推移和时代变迁中不断与时俱进，又有着自身的连续性和稳定性，不断深化了中国人骨子里的认同感。我们生而为中国人，最根本的是要有中国人的独特精神世界和文化追求，有百姓日用而不觉的价值观。

中国的改革开放，其目的是要解放和发展社会生产力，实现国家现代化，让中国人民富裕起来，实现伟大的民族复兴。通过四十多年的改革开放，我国实现了从高度计划经济体制到充满活力的社会主义市场经济体制的转变，从封闭半封闭状态到全方位开放的转变，极大地推动了社会生产力的发展和综合国力的跃升，人民生活水平总体得到了很大的提高，竞争、效率、民主、法治意识植入人心，民族的创造力和凝聚力进一步增强，这是不容置疑的事实。在改革开放中，为了解放和发展生产力，调动人民群众的积极性，实行一部分人先富起来，在一定阶段上提出"效率优先、兼顾公平"，符合中国的国情。随着经济的迅速发展，就需要把公平置于更加重要的位置。而解决这些问题，还要靠全面深化改革、全面推进依法治国来实现。

近年来，党中央在推进中国特色社会主义建设事业的过程中已警醒地看到我国在社会转型中存在的一些问题，把社会公正纳入了治国理政的重大课题中。2012年11月29日，习近平总书记在参观《复兴之路》时，阐释中国梦就是继续推进中国特色社会主义事业，实现中华民族的伟大复兴。民族复兴的中国梦，是所有中国人的一种情怀，更是中国发展至今天所必须跨越的一个新的里程碑。而中国梦，就是人民所期望的公平梦、正义梦、公正梦。党的十八届四中全会通过的《中共中央关于全面推进依法治国若干重大问题的决定》指出，"面对新形势新任务，我们党要更好统筹国内国际两个大局，更好维护和运用我国发展的重要战略机遇期，更好统筹社会力量、平衡社会利益、调节社会关系、规范社会行为，使我国社会在深刻变革中既生机勃勃又井然有序，实现经济发展、政治清明、文化昌盛、社会公正、生态良好，实现我国和平发展的战略目标。"对待社会公正问题，既不能掉以轻心，也不能急于求成。在现阶段，要维护和实现社会公正，最根本的是要靠发展，最重要的是营造制度环境，最实际的是着力解决当前社会较为突出的不公平问题。

四、在法治中践行社会主义核心价值观

近年来，党中央把依法治国作为治国理政、建设社会主义现代化强国的重大战略布局，把法制建设放到了突出位置。法治是人类政治文明的重要成果，是治国理政的基本方式，这已成为社会的共识。但"法治"有着多重含义，如把握不当，将会出现方向性错误。在法治中践行社会主义核心价值观，要做到5个方面。第一，法律至上。这是法治的首要内容，即将法律作为治理国家和社会的最高准则，任何个人和组织都不得凌驾于法律之上，突出法律的权威性和普遍适用性。法律在本质上是一种规则，法律至上实际上是要实现规则治理。因而，"法治"和依靠掌权者的智慧和权威、强调掌权者的绝对权力的"人治"具有根本区别。第二，良法之治。法治所依据的法，必须是在价值上具有正当性的"良法"，只有良法才能获得民众的广泛认同和普遍遵守，才能真正实现法治的效力。第三，权利保障。法治，就其终极价值目标而言，要求确立人民的主体地位，切实保障公民权利，权利保障状况成为法治和非法治国家区别的重要标志，因而，保障公民权利应贯穿于立法、执法、司法的整个运行过程。鉴于此，党的十八届四中全会决定指出："必须坚持法治建设为了人民、依靠人民、造福人民、保护人民，以保障人民根本权益为出发点和落脚点，保证人民依法享有广泛的权利和自由、承担应尽的义务。"第四，司法公正。法律的权威性必须通过法律在实践中的严格适用才能得以实现，而法律的准确适用，离不开司法公正。第五，制约公权。政府公权力的行使可能导致假公济私、滥用权力，必须通过法律规范、分权、权利制约权力等方式制约公权力。因此，制约公权力也是法治的核心，公权力的内容、行使等都必须纳入法治的轨道。当前，实现法治，必须全面推进依法治国，加快建设中国特色社会主义法治体系，建设社会主义法治国家，更好地发挥法治在国家治理和社会管理中的重要引领和规范作用。

第四章　社会主义核心价值观公民层面的价值准则

第一节　社会主义核心价值观公民层面价值准则的内涵

健康社会风尚的形成需要全体社会成员的共同努力，社会风气的净化需要个体公民道德素质的提升，全民族精神气质的升华需要普通中国人的情操修养不断改善。共性需要表现为个性，普遍需要具体到个别。因此，社会主义核心价值观不能缺失公民层面的价值准则。"爱国、敬业、诚信、友善"，是社会主义核心价值观公民层面的价值要求，是从个人行为层面对社会主义核心价值观基本理念的凝练，回答了我国要培育什么样的公民的重大问题。它覆盖社会道德生活的各个领域，既是公民必须恪守的基本道德准则，也是评价公民道德行为选择的基本价值标准。

一、爱国的内涵

爱国，《现代汉语词典》解释为热爱自己的国家。爱国主义，《现代汉语词典》解释为对祖国的忠诚和热爱的思想。从思想政治内容角度来说，爱国与爱国主义是完全一致的。爱国强调个人与国家之间是相互支撑的关系，是在理性基础上建立的感性认同，表现为个人生活中的一系列选择。国家从历史文化、环境安全、生活保障等方面对个人生活的条件与意义予以支撑，个人在漫长的不断重建过程中体会到了国家支撑的可贵，并将历史上反复取得的这种经验积累为爱国主义的学说和感情，还将其上升为民族精神的核心，形成主流意识形态和强大舆论环境，进而塑造每一个生于中国、长于中国的中国人的生活方式。爱国主义是民族精神的核心，强调人们对自己故土家园、民族和文化的归属感、认同感、尊严感与荣誉感的统一。

新时代爱国主义还包含以下几层含义：

坚持爱国、爱党、爱社会主义的高度统一。新时代的中国是坚持中国共产党领导的社会主义国家，全心全意为人民服务是中国共产党的宗旨，实现共同富裕是社会主义的本质，国家富强、民族振兴和人民幸福目标的实现离不开中国共产党的领导和社会主义的发展。新时代爱国主义精神要求我们，要坚持爱国、爱党和爱社会主义相统一。

坚持维护祖国统一和民族团结。维护祖国统一和民族团结，仍然是新时代国家和各族人民的根本利益所在，也是实现国家长治久安、民族伟大复兴的强大动力和坚强柱石。新时代的爱国主义是维护祖国统一和民族团结的坚实力量，也是维护民族团结的重要基石。中华民族继往开来、不断前行，需要以爱国主义为核心的强大的民族精神支撑，各个民族成员逐步认识、理解并认同中华民族的多元一体特征，也需要以爱国主义为核心的强大的民族精神支撑。

坚持尊重和传承中华民族历史和文化。文化是国家和民族的灵魂。一种文化精神一旦被人们内化于心、且外显于行，就会获得长期性和稳定性的特质。弘扬爱国主义精神，离不开尊重和传承中华民族历史和文化。新的时代赋予我们新的使命，我们要在社会主义核心价值观的指引下，不断以时代精神激活中华民族悠久历史和文化的生命力，不断从优秀的传统文化中汲取营养和智慧，还要将优秀传统文化同现实发展的需要相结合，不断推进中华优秀传统文化的创造性转化和创新性发展，增强人们的归属感、认同感和荣誉感，不断汇聚实现中华民族伟大复兴中国梦的精神力量。

坚持立足民族又面向世界。新时代，弘扬富有时代气息的爱国主义，必须正确认识到立足中国与放眼全球的辩证统一，正确处理好立足民族与面向世界的辩证统一关系，始终坚持立足中华民族的延续和发展是实现世界和平的基础，把握和顺应世界发展的大势，促进国家繁荣发展。当前，经济全球化虽然是世界经济发展的必然趋势，但国家依然是民族存在的最高组织形式，仍然是国际社会活动中的独立主体。国家只要继续存在，爱国主义就有坚实基础。新时代在面向世界中弘扬爱国主义，把弘扬爱国主义与面向世界有效结合，既能够有效提升中国的国际影响力，又能够振奋国人信心，这也是新时代弘扬爱国主义精神的新诠释。

二、敬业的内涵

敬，本义恭敬，端肃，如《礼记·少仪》"在貌为恭，在心为敬""宾客主恭，祭祀主敬"，后扩展为有尊重、信奉、慎重对待等义，如《资治通鉴》"敬贤礼士"，《论语·学而》"敬事而信"。"敬"字在中国文化中有很高的位置。业，本指古代乐器架子横木上的大版，后引申为学业、事业、职业等，如韩愈《师说》："闻道有先后，术业有专攻"。《史记·商君列传》："公孙鞅闻秦孝公下令国中求贤者，将修缪公之业。"《国语·周语上》："庶人、工、商各守其业，以共其上。"所谓敬业，从字面意义上理解，主要指对学业、事业等的热爱、尊敬、专注，唐代孔颖达[①]《五经正义》[②]就有此注解，"敬业，谓艺业长者，敬而亲之。"敬业集中表现为人们对自己所从事职业的态度、情感、意识、理想、道德等。

作为一种价值观，敬业反映了人与社会的关系、人与自然的关系。按照马克思主义的观点，"敬业"不仅仅是一种个体的道德修养，它与整个社会生产系统密切相关。劳动创造了人，人类要生存发展，就必须进行生产，"第一个历史活动就是生产满足这些需要的资料，即生产物质生活本身，而且，这是人们从几千年前直到今天单是为了维持生活就必须每日每时从事的历史活动，是一切历史的基本条件"[③]，从这个意义上说，"敬业"是人类种系得以繁衍、人类社会得以存在的价值反映——它根源于人类劳动并服务于人类社会。[④] 敬业反映了主流的社会价值观，体现着社会的发展变化。在阶级社会，一方面，基于人类自身的生存发展需要，敬业观反映了行业规范、职业伦理，以及推动人类生产需要的价值理念，如勤劳、诚信、奉献等；另一方面，敬业也打上了阶级烙印，反映出统治阶级的意志，比如反映封建社会的剥削合理、职业高低贵贱等级区分等价值观念，反映社会主义的平等、互助合作、全面发展等价值观念。敬业是劳动者自我价值实现的必然要求。敬业是个人满足自身生存发展的重要条件，同时，敬业本身包含了对劳动的认可，对自我能力的肯定。剥

---

① 孔颖达（574—648 年），冀州衡水人。唐初经学家、秦王府十八学士之一，孔子第 31 世孙。

② 《五经正义》是唐代孔颖达等奉敕编写的五经义疏著作。此书于唐高宗时成书，完成了五经内容上的统一。以作为科举考试的标准教科书。

③ 摘引自《马克思恩格斯选集》第 1 卷，北京：人民出版社，2012 年，第 158 页。

④ 郑伟. 社会主义核心价值观之"敬业"的时代内涵及内生性培育 [J]. 当代中国价值观研究，2018（1）：29—37.

削阶级社会，敬业更多反映出是劳动者谋生的手段，而在中国特色社会主义社会新时代，"劳动已经不仅仅是谋生的手段，而且本身成了生活的第一需要"，既是国家为人民实现全面发展的目标追求，也应成为个人一种基本的价值追求。

作为社会主义核心价值观的重要组成部分，敬业是对公民职业道德的基本要求，反映了中华民族伟大复兴在现实层面的迫切需要，也体现了中国特色社会主义的主流价值观，具体包含以下几层含义：

热爱工作，即认识自己从事的工作所具有的价值和意义，对工作充满热情，愿意为之付出最大的努力，这是敬业的前提和动力源泉。只有当一个人珍视热爱自己的工作，才有可能全身心的投入精力，把工作当作事业来完成，在平凡的岗位上作出自己最大的贡献。孔子说："知之者不如好之者，好之者不如乐之者。"荀子说："凡百事之成也，必在敬之；其败也，必在慢之。"就很好地诠释了这个意义。

尽忠职守，即对待工作要有强烈的责任心，要认真负责、兢兢业业地做好手中的工作，善始善终地完成自己承担的任务，这强调了敬业的效果。强烈的责任心是敬业的内驱力，当我们在工作中拥有强烈的责任心，就会对自己的工作产生使命感和责任感，更加督促自己尽心尽力，激发自己的各项能力，在工作中取得显著成效。

勤勉工作。空谈误国，实干兴邦。爱岗，只是表达了对工作的基本认识和态度，要将态度转化为现实，就要做到勤勉工作，笃行不倦，脚踏实地，任劳任怨。我国自古就提倡勤奋，"天行健，君子以自强不息""天道酬勤""勤能补拙"都体现了对勤的肯定。我们只有持之以恒地勤奋工作，不断地加强学习，不断地积累经验，才能够取得成功。

刻苦钻研。爱一行，专一行。要做到专，就必须要在工作中刻苦钻研、锐意进取、精益求精；就要敢于突破陈规，善于创造，不断超越，勇攀高峰。只有不断钻研，使自己掌握该领域最前沿的理论，积累最丰富的实战经验，找到最适用的解决办法，才能使自己变得更专业、更精通，才能成长为某一领域的行家里手。

奉献社会。这既是中华民族的传统优秀美德，也是社会主义敬业观的最高价值追求，其核心是全心全意为人民服务。奉献社会要求我们不能仅仅把职业当作是谋生的手段，当作一项任务去完成，还需要把事业转化为内在需求，化作我们生命的一部分，在工作中懂得适当的牺牲和奉献，实现人生理想和社会理想的统一。"铁人"王进喜、"人民的好公仆"焦裕禄、近年涌现的最美乡村教师、最美公交司机等都是典型代表。

三、诚信的内涵

诚,《说文解字》[①] 上解释:"诚,信也。"从字形结构来看"诚"是由"言"加"成"即为"诚","言"人所说的话,"成"话一说出,"诚"的意思就是思想一旦成为言语说出来,就应当是真诚的。"诚"的本义是诚实不欺或真实无妄。[②] 在中国传统文化中对于"诚"的内涵解读非常丰富,"天道至诚"作为哲学本体论意义的讨论,如同宋明理学"理"的范围。要不断地修炼"诚"的品德,忠于天理、遵从天道,这样才能通天性,从而实现天人贯通。由此可见,"诚"在传统儒家思想体系中具有极其重要的价值和意义,"诚"甚至被视作宇宙的本体,是道德行为及道德理念的来源,同时也是自我提升和完善人性的内在动力。"诚"在我国古代社会被历朝先哲们所推崇,所谓"诚"就是要求人们在日常说话和做事中要符合实际情况和内心的真情实感,不去欺骗他人,同时也不自欺欺人。通常我们所说的"诚"是指人们本身的道德修养之一,是一种真诚和真实的内在品质。"诚"的含义大体上可概括为:坦诚、真实、诚实、不欺骗他人、不自欺。可从三个方面对其内涵加以解读:第一,言行一致且表里如一,遵从自己内心的实际,真心诚意的应用于实际行动中;第二,心口相一,言行一致,具备内化的诚实道德品质;第三,具备对人对事虔诚和恭敬的心理及态度。

"信"最早是指在古代祭祀时对鬼神的虔诚、笃信,后随着社会的发展和进步逐步摆脱传统封建迷信的色彩,"信"成为传统儒良思想中一个重要的道德规范。现在"信"已经成为普遍意义被认可的社会道德规范之一,战国时期就出现"余知其忠信也"的文字记载。从字形结构来分析,"信"由"人"和"言"共同构成,在《说文解字》中解释"信,诚也,从人从言",孔子在《论语》中多次提及"信","人而无信,不知其可也",把"信"作为个人修身、立业、从政的最基本道德准则和道德要求。西汉的董仲舒提出"三纲五常","仁、义、礼、智、信"作为五常,"信"作为社会道德规范之一被确定下来。从内在方面看,"信"的核心是真实忠诚,是对于具体概念、言语和某种原则

---

① 《说文解字》是中国第一部系统地分析汉字字形和考究字源的字书,也是世界上很早的字典之一。

② 朱贻庭. 伦理学大辞典 [M]. 上海:上海辞书出版社,2002.

发自内心的认可。综上，"信"被视作人们应具备的社会道德品质之一，是日常人们交往中的重要纽带，是国家安定的根本。"信"的内涵大体可概括为：信任、诚实、信仰、说话做事讲信用。"信"是为人处事的重要品德之一，要求人们在日常生活中必须要做到"言必信，行必果"。

"诚"与"信"二者的关系紧密相连，核心意义是"真"和"实"，都包含"真实不欺"之义。中国古代将诚信视作社会伦理秩序的关键，诚信是人立身的基本道德之一；诚信是治国理政需遵守的基本原则；诚信是朋友相互交往的重要准则。《现代汉语词典》对"诚信"的解释是："诚实，守信用；生意人应当以诚信为本。"[①] 诚信的内涵不断丰富和发展，"诚信"以真诚之心，行信义之事，作为一个道德范畴，是人们日常行为的诚实和正式交流的信用的合称。即待人处事真诚、老实、讲信誉，一诺千金。在一般意义上，"诚"即诚实诚恳，主要指主体真诚的内在道德品质；"信"即信用信任，主要指主体真诚的外化。"诚"更多地指"内诚于心"，"信"则侧重于"外信于人"。诚信其基本含义是指诚实无欺，讲求信用。千百年来，诚信被中华民族视为自身的行为规范和道德修养。诚信是一种社会道德原则和规范，要求人们以求真务实的原则指导自己的行为，以知行合一的态度对待各项工作。在现代社会不仅指公民和法人之间的商业诚信，而且也包括建立在社会公正基础上的社会公共诚信，如制度诚信、国家诚信、政府诚信、企业诚信和组织诚信等。以诚待人，以信取人，是我们中华民族最为优秀的传统之一。孔子云："诚者，乃做人之本，人无信，不知其可。"韩非子曰："巧诈不如拙诚。"陶行知先生也曾说过："不作假秀才，宁为真白丁。"季布一诺胜过千金，商鞅变法立木求信，君子一言驷马难追……中国历史上类似的故事和典故不胜枚举。

诚信不仅是道德规范，也是法律原则。我国民法典第七条明确规定："民事主体从事民事活动，应当遵循诚信原则，秉持诚实，恪守承诺。"诚信从法学范畴中来看，它是指"主体在经济活动中应本着诚实、信用、善意、和谐的态度，恪守诺言、诚实不欺，在不损害他人利益的前提下追求自己的利益，以及当事人和社会利益的平衡。"[②]"诚信"两个字，作为个人道德思想和道德行为的一种体现，是人和人相互交往及相互理解的亲和力。一个人能赢得诚信，就会赢得别人的尊重，赢得生命的价值。相反，如果一个人失去诚信，他便失去基本的人格，失去了生命的意义。诚实的美德和守信的言语，最终会体现在

---

① 中国社会科学院语言研究所词典编辑室. 现代汉语词典 [M]. 北京：商务印书馆，2005.
② 赵爱玲. 当代中国政府诚信建设 [M]. 济南：山东人民出版社，2007.

诚信的实际行动上。诚信在言、行方面的重要性众所周知，为人处世一定需要诚信，企业发展需要诚信，也一贯所推崇——诚实为人，诚心交友，诚信为商。在传统社会中，诚信是做人之本，一个人如果没有了诚信，那么他就很难在社会中立身处世。

在我国古代社会，诚信既是调节个人行为的道德规范之一，同时也是被大多数人所尊奉，具有普遍意义上的伦理道德品质。它要求个人对内要立足于"诚"，坚持自我的本真和独立，不趋炎附势，也不随波逐流；对外要恪守于"信"，信守自己的承诺，不出尔反尔，亦不人云亦云。诚信更应成为现代社会中的基本规范，然而随着社会的发展，道德缺失现象逐步显现，人们也感受到了自己周围生活诚信缺失，当前市场经济环境下出现了很多无序及道德失范，这些成为社会生活中的突出问题。因此，在社会主义市场经济体制的逐步完善和发展的过程中，我们亟须诚信来维系，需要诚信精神价值的支持。

四、友善的内涵

"友"和"善"都是会意字，在甲骨文中，两个"又"字相连即为"友"，像相交的两手在握手，表示的意思是友好。《说文解字》解释："友，同志为友。从二又。相交友也。""友"意为现在的"朋友"，有和睦、互助、亲善之意。在甲骨文中，"善"字由"羊"和"目"上下组成，通"祥"，表示的意思是眼神安详温和。《说文解字》解释："譱，吉也。"意为现在的"吉祥"。从言从羊来看，譱与义、美同意。因羊的性情比较温和驯顺，所以"善"又有善良、慈善的意思。由此，"善"有吉祥、美好、善良之意。在构词上，"友善"是"友"与"善"的合成词，体现"友"和"善"二者的统一。《现代汉语词典》对"友"解释为朋友、相好或新近、有友好关系的三层意思；对"善"解释为善良或慈善、善行或善事、友好等意思；"友善"解释为朋友之间亲近和睦。现实生活中，友善不仅包含朋友之友情，还引申出兄弟之间的友爱、公民之间的友好等人际交往的态度。友善是个人内心善意到言行友好的一种人际关系状态，既是人们外在的行为表现，也是人们内在的心理需求。友善所追求的是平等相待、容让差异、良好沟通、有序交往，并臻于和而不同的道德境界。从国家层面来看，友善要求执政者要怀有仁心，关爱民生，积极构建民主的空间及和谐的国度；从社会与个人的角度来看，友善要求每个个体都要心中有爱、与人为善、乐于奉献，这样人间才有温情，才有自由、平等的良好社会氛围。现代社会，友善作为一种价值观，犹如社会和谐的润滑剂，是指由善心、善性、善言、善行所构成的文明素养。主要包含以下含义：一是有仁爱之心。要待人平等，常持平等心，凡事相互尊重、多换位思考，既不逢迎和依附，也不恩赐。二是有善良品性。要具备友爱之德，不仅是出于善念偶尔做好事，更应具有善良品性常行善举。三是有好言和慈善行为。要待人如己，能用对待自己的态度对待他人，做到济困扶危和善以待人；要对自己的行为有所限制，自己不愿意承受的事情也不强加在别人身上；要做到成人之美，让自己具备帮助别人的能力，并乐于帮助需要帮助的人。要待人宽厚，在与他人趣味相投、关系良好时要能够表现出友好，对与自己不同甚至小有过失的人更要能够表现出心平气和，做到容人之过、包容宽容、宽厚待人。要助人为乐，在自己的能力范围之内去关心他人，并在力所能及的范围之内帮助他人解决问题，在自己举手之劳中就帮上别人的忙。

第二节　社会主义核心价值观公民层面价值准则与传统文化的关系

一、爱国与传统文化的关系

我国是历史悠久的文明古国，有深厚的爱国主义传统。对祖国忠诚和对祖国热爱是每一个公民应有的最基本的道德，也是中华民族最深沉的文化基因。人类自进入国家形式阶段，爱国就已成为被人们普遍认同的道德价值观念。爱国主义是千百年来国人对自己祖国的一种最深厚的感情，其精神在我国历史长河中薪火相传、连绵不绝。在古代文化中，爱国主义以心怀天下、促进统一为使命。"穷则独善其身，达则兼济天下""先天下之忧而忧，后天下之乐而乐"，都体现了古人为国家而舍小我的爱国主义情怀。先秦时期，是我国爱国主义思想的初步形成时期，爱国主义主要体现为心忧天下的忧患意识和天下为公的爱民情怀以及舍生取义的义利观。秦汉后，爱国主义进入一个新的历史发展阶段，爱国主义与血缘和家族息息相关，主要内容为忠君报国。近代以来，爱国主义以民族独立和国家富强为使命。爱国主义在中国近代历史上经历了两个发展阶段。第一阶段，鸦片战争以来，在救亡图存、抵御外侮的进程中，爱国主义主要体现为救亡图存、争取民族独立、人民解放。第二阶段，在全球化进程的冲击下，爱国主义以改革开放实现国家富强和人民幸福为实践途径。1949年中华人民共和国成立后，爱国主义与爱社会主义高度统一，爱国主义主要体现为人民群众对经济复苏和国家建设的努力。随后，爱国主义不断深入社会生活的实践与学术理论的探索，从不同角度体现爱国主义。20世纪90年代以来，随着全球化影响的不断加大，爱国主义的内涵也不断扩展，主要内容为如何在全球化趋势中维护民族国家独立性和民族文化独特性，重要思想内核为提升民族的凝聚力和国家的认同感。新时代爱国主义以实现中华民族伟大复兴的"中国梦"为主题，这也是对中华传统爱国主义的创造性转化和创新性发展。列宁曾说："爱国主义就是千百年来巩固起来的对自己祖国的一种最深厚的感情。"党的十八大提出培育和践行社会主义核心价值观，其中爱国是立足公民层面提出的价值要求之一，这是对中华民族传统美德的继承和发展。爱国作为公民层面的道德规范内容，是一个民族、一个国家、一个地区赖以生存发展、和谐富裕的精神力量，是文化软实力的重要组成部分，也是价值观的内核，还为中华民族团结奋进、发展繁荣提供了强大动力。

二、敬业与传统文化的关系

敬业，既是新时代公民基本的职业道德，也是中华民族的传统美德。传统的敬业精神是公民层面敬业观的重要文化源泉，滋养和推动着敬业观的发展。

传统的敬业文化强调敬业的道德品质，把敬业纳入个人道德修养的重要内容，强调以德修身，以德修业。早在春秋时期，孔子就提出了"执事敬""事思敬""修己以敬""敬其事而后其食"，只有先持守"敬"的态度和道德情操，谨慎认真地对待自己的工作，全身心投入做好自己的工作才能做好"事上""事亲""谋事"等一切事务。这些观点为我们对待工作提供了基本的道德遵循。做事首先要做人，只有从内心认同、尊敬自己所从事的工作，才能把事做好，取得成就。传统敬业精神强调敬业的关键要做到"忠"和"专"，要求认真严肃地对待自己的工作，忠实于自己的事业。《论语·学而》讲"敬事而信"，朱熹注解"敬者主一无适之谓"，朱熹认为："敬业者，专心致志，以事其业也。"强调敬业之人做事专心，认真，应该心无旁骛，一心一意，这是成事的关键。《论语·卫灵公》"事君，敬其事而后其食"，强调先做事，后谈回报，《礼记·儒行》继承了这一思想，提出"先劳而后禄"，"苟利国家，不求富贵"的主张，实际上都向我们传达了在对待工作中应该持有怎样的义利观。勤劳是中国人的优秀品质，也是传统敬业精神的重要内容。《周易》"天行健，君子以自强不息"，《左传·宣公十二年》曰："民生在勤，勤则不匮。"强调积极进取、自强不息的精神。《尚书·周书》曰："功崇惟志，业广惟勤。"韩愈"业精于勤，荒于嬉；行成于思，毁于随。"都说明了勤勉对于做成一番事业的重要性。传统敬业精神还把奉献作为敬业的理想价值追求，《论语·学而》"事君，能致其身"，封建社会，忠君即爱国，为君牺牲即是不计安危为国奉献的体现，范仲淹的"先天下之忧而忧，后天下之乐而乐"都体现了古人对于担当和奉献的崇高追求。除了古代先贤们的敬业思想外，中国古代神话传说、寓言、传记等所塑造的敬业典范和蕴含的敬业精神，也是社会主义核心价值观重要的精神宝库，如为探索医术，遍尝百草以身试毒的神农，为治水患，三过家门而不入的大禹，善于创新、被称为百工之祖的鲁班，忍辱负重写出史家绝唱的司马迁，"鞠躬尽瘁，死而后已"甘于奉献的诸葛亮，都是古代敬业精神的积极践行者，也是今天敬业者的典范。古代传统的敬业精神反映了古人对于学习、做事、做人的理想追求，虽然它有其历史局限性，如职业等级区别，"重农抑商""人有十等"的职业不平等观念，但其中仍有深厚的历史文化价值，闪烁着思想的光芒，涵养着社会主义敬业观，推动者社会主义核心价值观的践行。

三、诚信与传统文化的关系

中华传统文化，是中华文明成果的根本创造力，是本民族历史上的道德传承、各种文化思想及精神观念形态的总体。中华传统文化是以老子道德文化为本体，以儒家、庄子、墨子的思想、道家文化为主体等多元文化融通和谐包容的实体系。中国传统文化包含众多，"诚信"思想作为传统文化的组成部分之一，我们可从传统文化中寻找诚信。

古人云："诚信于君为忠，诚信于父为孝，诚信于友为义，诚信于民为仁。"正是如此，诚信一直被古代先贤视作安身立命之本和道德修养之基。诚信作为中华民族的优良传统美德之一，是我国优秀传统文化的重要组成部分。在中国古代社会"诚信"被认为是做人的道德规范和行为准则，从古至今人们的社会日常生活、经济生活和政治生活都和"诚信"有着密不可分的关联。对于诚信的阐述史书中多有记载，《贞观政要·诚信》中认为"德礼诚信，国之大纲"①，《旧唐书·魏徵传》中认为"君子所保，惟在于诚信"②，《群书治要》有篇："君臣有义矣，不诚则不能相临；父子有礼矣，不诚则疏；夫妇有恩矣，不诚则离。"③ 程颐："诚则信矣，信则诚矣。"《二程集》指出学问的诚信"学者不可以不诚，不诚无以为善，不诚无以为君子。修学不以诚，则学杂；为事不以诚，则事败；自谋不以诚，则是欺其心而自弃其忠；与人不以诚，则是丧其德而增人之怨。"④ 在我国古代成语、俗语和故事典故中，也有诸多故事和词语与"诚信"相关，诸如"商鞅徙木立信""周幽王烽火戏诸侯""掩耳盗铃""叶公好龙""拔苗助长""指鹿为马"等典故可谓家喻户晓。"路遥知马力日久见人心""千金一诺""一言既出驷马难追"等关于诚信的词语流传于世，对于教化人们遵守诚信道德品质起到了非常大的作用，传统文化中对诚信的重视，也使得诚信文化在社会不断发展变化中仍然被视作重要的道德规范之一。

对传统文化当中"诚信"之源的加深认识和仔细反思，并且由之将它与当代社会的现实发展相结合，更加有利于今天和谐社会的建设。诚信是中华民族的传统美德，是衡量人类文明发育程度的重要标志。"诚信做人，真诚相待，诚实守信，便无不和睦之人。"当代随着社会的不断发展，诚信作为公民基本的道德规范之一，融入了法律、信用文化等很多现代的文化内容。"弘扬传统文化，践行诚信中国"被越来越多的人所接受和推广。

四、友善与传统文化的关系

和谐自古以来就是人类孜孜不倦的目标追求，友善是中华民族的传统美德，在我国绵延数千年的历史文化长河中，和谐与友善一直相伴相生、相辅相成。中国传统文化中友善思想源远流长。在我国传统文化中，"友善"一词最早出现在《汉书·息夫躬传》中，表达的是朋友间相处时，应遵循谦虚有礼、互帮互助的关爱精神。《诗经》《尚书》《左传》《礼记》等古籍中也有关于"友"和"善"的记载。"友善"作为协调人际关系的一种社会原则，自古就受到人们的推崇，其中儒家的"仁爱"、道家的"慈让"、墨家的"兼爱"、佛教

---

① 《贞观政要》是唐代史学家吴兢著的一部政论性史书。
② 《旧唐书》为后晋刘昫等撰。原名《唐书》，后为区别北宋欧阳修等人编的《新唐书》，改名《旧唐书》。
③ 《群书治要》是唐朝初年魏徵、虞世南、褚遂良等人受命于唐太宗李世民，从前人著述中辑录精华以资辅政，为唐太宗偃武修文、治国安邦，创建"贞观之治"提供思想理论基础的匡政巨著。
④ 《河南程氏遗书》卷二十五。

的"慈悲"都包含有友善的文化基因。友善作为中华民族根深蒂固的价值信念，有着深厚的文化底蕴和丰富的思想内涵。"仁爱"是我国传统友善观的核心，而仁爱思想正是儒家思想体系的核心。如孔子认为只有拥"仁"，才能成为有德性之人。孟子认为"仁人无敌于天下"。宋朝理学大家朱熹认为，"仁"是人最为渴盼的，达到了仁的境界，则"人皆可以为尧舜"。唐代大儒韩愈在其《原道》中提出的"博爱之谓仁"主张，则将仁爱之心推及每一个社会成员。"爱人"是我国传统友善观的行为准则，强调"心存善念"。如儒家倡导"君子成人之美""己所不欲，勿施于人""君子莫大乎与人为善"等观念，认为君子的德性最重要的是与人为善。"和"是我国传统友善观的最终价值目标。"友善"很好地协调了人际关系，在处理人与人、人与社会、人与自然秩序中发挥了重要作用。如儒家友善观以维护统治秩序为目的，主张"礼之用，和为贵"（《论语·学而》），即把和谐作为社会交往的重要原则，以宽广胸怀来处理各种关系，最终实现"天和""人和""政和"。如今，"礼之用，和为贵""与人为善"等传统友善观的重要内容已家喻户晓。中华人民共和国成立以来，中国共产党非常重视友善美德在新时代的传承与发扬，党的十八大所提出的社会主义核心价值观中，友善位列其中。习近平总书记谈到中国优秀传统文化时，曾提到的"德不孤，必有邻""仁者爱人""己所不欲，勿施于人""出入相友，守望相助""老吾老，以及人之老，幼吾幼，以及人之幼"等思想，从本质上而言，都是传统友善观的现代体现。与人为善、平等待人已是现代友善观的核心内容，谦恭礼让、宽以待人已是现代友善观的行为原则，互帮互助已是现代友善观的必然要求。

第三节　社会主义核心价值观公民层面价值准则在传统家书中的体现

一、爱国篇

【家书摘编】

父母大人：

……儿何尝不思念着骨肉的团聚。儿何尝不眷恋着家庭的亲密。但烈士殷红的血迹燃起了儿的满腔怒火，乱葬岗上孤儿寡母的哭声斩断了儿的万缕归思。为了让千千万万的母亲和孩子能过上好日子，为了让白发苍苍的老人皆可享乐天年，儿已以身许国，革命不成功，立誓不回家。

王尔琢

1927 年 5 月

（摘自王尔琢与父母书①）

【家书简析】

王尔琢（1903—1928 年），在 1924 年秋加入了中国共产党。1928 年，出任中国工农红军第 4 军参谋长并且兼任第 28 团团长，参与了多项战斗，粉碎了湘赣两省国民党军队的"会剿"。1928 年 8 月 25 日英勇牺牲，年仅 25 岁。在王尔琢举行的追悼会上，毛泽东、朱德高度评价了他为革命做的贡献。这封信是王尔琢写给母亲一封信的节选，从这段文字我们可以看出王尔琢为了让千千万万的母亲和孩子能过上好日子而为革命献身的精神。从信中同时也可以看到他的爱国情怀，"儿已以身许国，革命不成功立誓不回家"，铿锵有力的话语代表了他的爱国之心。

【家书摘编】

凤笙大嫂并转五六诸兄嫂：

本月初在唐村写寄给你们的信、绝命词及给虎、豹、熊诸幼儿的遗嘱，由大庾县邮局寄出，不知已否收到？

弟不意现在尚在人间，被押在大庾粤军第一军军部，以后结果怎样，尚不可知，弟准备牺牲，生是为中国，死是为中国，一切听之而已。

现有两事需要告诉你们，请注意！

你们接我前信后必然要悲恸失常，必然要想方设法来营救我，这对于我都不需要。你们千万不要去找于先生及邓宝珊兄来营救我。于、邓虽然同我个人的感情虽好，我在国外，叔振在沪时还承他们殷勤照顾并关注我不要在革命中犯危险，但我为中国民族争生存争解放，与他们走的道路不同。在沪晤面时邓对我表同情，于说我做的事情太早。我为救中国而犯忌险遭损害，不需要找他们来营救我帮助我，使他们为难。我自己甘心忍受，尤其需要把这件小事秘密起来，不要在北方张扬。这对于我丝毫没有好处，而只是对我增加无限的侮

---

① 欧阳淞. 中国共产党人的故事 第 1 辑 报国为民卷 [M]. 北京：中国方正出版社，2017.

辱，丧失革命的人格，至要至嘱（知道的人多了就非常不好）

......

我为中国革命没有一文钱的私产，三个幼儿的养育都要累着诸兄嫂，我四川的家听说已破产又被抄没过，人口死亡殆尽，我已八年不通信了。为着中国民族就为不了家和个人，诸兄嫂明达当能了解，不致说弟这一生穷苦，是没有用处。

......

弟　伯坚

三月十六日于江西大庾

（摘自刘伯坚致妻嫂等的信①）

【家书简析】

刘伯坚（1895—1935 年），四川平昌人，1921 年于法国与周恩来等发起组织旅欧中国少年共产党，1922 年转为中国共产党党员。1935 年 3 月，中央红军长征后，留守中央苏区的刘伯坚部队被敌人围困，在率部突围时不幸负伤被捕，21 日，在江西大余县壮烈牺牲。

这封家书写于 1935 年 3 月刘伯坚被俘后。通过家书，刘伯坚表达了对于革命的态度和对亲人的牵挂。在生命即将结束之际，他没有一丝害怕，表现出革命者的大无畏精神，"以后结果如何，尚不可知，弟准备牺牲"，他坚信自己所做的事情是值得的，是对国家和民族有益的，始终信念坚定，毫不妥协，"我为救中国而犯忌险，遭损害，不须要找他们来营救我，帮助我，使他们为难，我自己甘心忍受"，他不愿意别人同情他，假情假意的营救他，因为这样做对于他只是"增加无限的侮辱，丧失革命者的人格"。刘伯坚对家人是充满爱和牵挂的，但是，投身革命，就顾不上小家了，只能舍小家为大家，"为着中国民族，就为不了家和个人"，充分体现了那个时代共产党员为革命事业牺牲奉献、没有任何私人利益的高贵品格与道德修养。

在写下这封信 5 天后，刘伯坚壮烈牺牲在江西省大庾县金莲山，年仅 40 岁。在临刑之前，他依然壮志昂扬、不屈服，给妻子王叔振写下最后一封信，信中嘱托妻子要为中国革命努力，把孩子抚养长大，继承父亲的光荣事业。在生命的最后时刻，他最放不下的还是革命事业，还不忘要家人和孩子继续自己的革命事业，继续为革命和国家努力奉献。刘伯坚为民族独立、人民解放不懈

---

① 本书编写组. 红色家书 [M]. 北京：党建读物出版社，2016.

奋斗了一生，是中华民族爱国奉献的典范，值得后人敬仰和追随。

【家书摘编】

振鹏贤侄如见：

……

敌自攻陷粤汉后，劝和诱降失败，速战速决无望，几经周折始决定继续挣扎，企图攻我西北截断中苏交通，窥伺西南威胁滇越铁路乃至滇缅公路，其目的在断绝中国之一切外援，但是敌人这种企图是不易实现的，因为敌愈深入愈困难，兵力分散，交通延长，后方空虚，地形不利，而我则前有正规军顽抗，后有游击队积极行动，前后夹击，必使敌人之泥足越陷越深。你应该告诉家里，中国抗战前途很好，最后定可战胜日本，只不过要经过一个长期的艰苦奋斗。

我因亲临南京、江宁、镇江、丹阳、芜湖一带最前线视察过一次，费时约两月，故此不能与家中多通讯，以后当于百忙中时常写信来。

前方并不危险，请祖母大人放心，因为日本鬼子并不那样可怕，只要会打战，敌人的飞机大炮都有办法对付的。一年多我们在大江南北共打了贰佰廿多次的战（仗），都是胜利的，有了一年多打鬼子的经验，我们以后更有自信了。……

家中生活不很困难吗？据我想一年以内大概不会发生大的困难的，此刻我身无分文，无法帮助家里，因为我们都是以殉道者的精神为国家、民族服务的，或许有人会说我们是太不聪明了，然而世界上应该有一些像我们这种不聪明的人，请家里不要想将来的生活怎么办，因为中国正在大的变动之中，中国抗战成功不愁无饭吃；抗战不幸失败，则大家都当亡国奴。所以我希望家里在这方面能够想得远些，能够原谅我。

……

醉瀚　字

一九三八年十二月

（摘自袁国平致侄儿袁振鹏信①

---

① 恽代英，邓中夏，赵一曼. 红色经典丛书 红色家书［M］. 南京：江苏文艺出版社，2017.

【家书简析】

袁国平（1906—1941 年）原名袁裕，字醉涵，湖南邵东县人。1925 年加入中国共产党。参加过北伐战争、南昌起义和广州起义、中央苏区历次反"围剿"和长征。全民族抗战爆发后，任中共中央东南分局（后改为东南局）委员、新四军政治部主任，参加开辟华东抗日根据地斗争。1941 年 1 月 15 日，在皖南事变中牺牲，时年 35 岁。

这封家书是袁国平写给侄儿袁振鹏的回信。1938 年 12 月 24 日，正在南京、江宁、镇江、芜湖一带前线视察的袁国平收到来自侄儿袁振鹏的家信，立即写下了这封家信。袁国平在这封家书中，表达了他对抗日战争必胜的坚定信念、杀身成仁的英雄气概和爱国情怀。当时，全民族抗战爆发，日本人攻陷南京已有一年，国民党迁都重庆，全国弥漫着悲观的亡国论调。袁国平在这封家信中，通过自己的实地调研和分析，指出了日本侵略我国的不利局面，得出了"中国抗战前途很好，最后定可战胜日本，只不过要经过一个长期的艰苦奋斗"的结论，生动诠释了毛泽东的持久战思想，表现了共产党人的顽强意志和乐观主义精神。"此刻我身无分文，无法帮助家里，因为我们都是以殉道者的精神为革命、为国家民族服务的"，充满了革命者无私奉献、舍己为人的高尚情操。"中国抗战成功，不愁无饭吃；抗战不幸失败，则大家都当亡国奴。"在革命者眼中，自己的命运与祖国的命运是紧紧联系在一起，只要有了国，家自然就有了，家国不分离。

家是最小国，国是最大家。在国家生死存亡的关键时候，只有每个人投入到保家卫国的战斗中，才能换来自己家庭的安宁幸福。这封家书，让我们读到了老一辈革命家以死殉国、视死如归的毅然决然。有了这种精神，何愁抗日不胜利，何愁国家不富强。

【家书摘编】

母亲：

……我军在西北的战场上，不仅取得光荣的战绩，山西的民众，整个华北的民众，对我军极表好感，他们都唤着"八路军是我们的救星"。我们也决心与华北人民共艰苦，共生死。不管敌人怎样进攻，我们准备不回到黄河南岸来。我们改编为国民革命军后，当局对我们仍然是苛刻，但我全军将士，都有一个决心，为了民族国家的利益，过去没有一个铜板，现在仍然是没有一个铜板，准备将来也不要一个铜板，过去吃过草，准备还吃草。

母亲！您好吗？家里的人都好吗？我时刻记念着！

敬祝

福安！

男　自林

十二月三日于洪洞

（摘自左权致母亲张氏①）

【家书解析】

左权（1905—1942 年），1925 年加入了中国共产党，曾任中国新十二军军长、中国工农红军学校第一分校教育长和中央革命军事委员会作战局参谋、副局长。左权的军事理论水平很高，撰写过多篇关于游击战争的论著，朱德评价他"在军事理论、战略战术、军事建设、参谋工作、后勤工作等方面，有极其丰富与辉煌的建树，是中国军事界不可多得的人才"。

上述摘编是左权家书的一篇节选，从这封家书可以看出他保家卫国的决心和带领将士同仇敌忾、英勇战斗的爱国情怀。以左权为代表的我军将士所展现出来的爱国情操，共同汇聚成了伟大的抗战、爱国精神，激励一代代中华儿女为了中华民族的伟大复兴而做出自己的努力。

【家书摘编】

妈妈：

……

现在我已到武汉了，并且不久又快去重庆。在这无一定的漂流生活，虽然也为着国家宣传救亡工作，但遇到像今天晚上的漫漫的黑夜，那凄凉冰冷的四周，我好像耳边有无数的失去了儿子的母亲，和失去了母亲的儿子的哀诉。那不能告诉人的，潜伏般的音乐，很沉重地打我，使我不能不又想起了我唯一的你——妈妈。我想在每一个母亲也想念着她自己的儿子出发为国宣劳的时候，或许会更恳切些吧！是的，或许会更恳切的！因此我半夜没有酣睡。但想念着国家的前途和自己应负的责任，我又好像不得不要暂时忘记你了，忘记一切留恋，但我并不是忘记了你伟大的慈爱和过去五十多年的飘零生活，我更不是忍心地来抛弃你去走千百万里的长程。可是我明了我自己的责任，明了中华民族谋自由、独立、解放的急切。我是一个音乐工作者，我愿意担起音乐在抗战中

---

① 本书编写组. 红色家书［M］. 北京：党建读物出版社，2016.

伟大的任务，希望着用宏亮的歌声震动那被压迫的民族，慰藉那负伤的英勇战士、团结起那一切苦难的人们。但，妈妈，我常感到自己能力的薄弱和自己实际生活的缺乏，虽然有时站立在整千整万的民众面前，领导着他们高歌，但有时我总有战栗，因为我往往不能克服自己的情绪又想到遥远的妈妈了！可是当我每到一个地方的时候，我都被那民众歌咏的情感克服了，令我不特忘记了自己，忘记了你，而且又更加紧我的工作。和他们更接近，更使我感觉自己的情绪已移向到民众了。我不时都在妈妈面前说过，我不是一个自私自利、自高自大的音乐家，我要做个生在社会当中的一个救亡伙伴，而且永远的要从社会的底层学习。过去二十多年的流浪生活，就告诉我实际生活的经验是超越了学校的功课的。我常常感到民众的力量最伟大，民众对音乐的需要，尤其在战时，那使我不能不忍痛地离开你而站立在民众当中。他们热烈地爱着我，而我也爱护他们。

　　自我离开上海后，妈妈必定感到很寂寞，因为并没有亲近的人在你身旁。连可靠的亲友也逃避到香港去了。但我很希望妈妈放心，这次抗战是必定得到胜利的，只要能长期抵抗下去。但在英勇的抗战当中，我们得要忍耐，把最伟大的爱来贡献国家，把最宝贵的时光和精神都要花在民族的斗争里！然后国家才能战胜。所以在争取民族解放的国家当中，我们更需要伟大的母性的爱来培植许许多多的爱国男儿——上前线去，或在后方担任工作。这样才能够发展每个人对国家的爱。妈妈！我更有一件事情可以安慰你的，就是现在我已经开始写《中国兵》了。这作品是继续《民族交响乐》之后的，是纯用音乐来描写中国士兵抗战的英勇，保卫国土的决心。那伟大士兵的抗战精神，已打动每一个父母的心。在《中国兵》作品当中，我们可以听每一个不怕死的士兵向前冲。每一个做妈妈的都能够忍痛地抛弃私爱来贡献她们唯一的儿子出征。《中国兵》的写作就是根据爱的立场，偏重爱民族的伟大任务。我也曾和伤兵们谈话，我也听过很多士兵冲锋和游击军的故事。可是我也得亲历其境，并且要参加作战，才能更明了《中国兵》的伟大。我除写作之外，我还想走遍各后方做救亡歌咏宣传运动。

　　在武汉七天后，我们预备去重庆各处担任后方宣传工作。我想在这长程的旅途中，我可以受很多社会的启示，得许多作曲的材料。我虽然时常地要想起妈妈，但理智会克服我，而且我自己知道在这动乱的大时代里，没有一个被侵略的人民不是存着至死不屈的精神。如果将来中国打胜仗以后，那一切的母亲们和儿子们都能有团叙的一天。国家如果被敌人亡了的话，即使侥幸保存性命，但在偷生怕死的生活中和不纯洁的灵魂的痛苦，比一切肉体的痛苦更甚了。为着中华民族的生存，我希望一切的母亲们和儿子们都勇敢地向前，中华民族解放的胜利，就是要每一个国民贡献他们的纯洁的爱国心。同心合力在民族斗争里产生一个新中国。

别了，亲爱的妈妈，没有祖国的孩子是耻辱的，祖国的孩子们正在争取，让那青春的战斗的力量支持那有数千年文化的祖国。我们在祖国养育之下正如在母胎哺养下一样恩赐，为着要生存，我们就得一起努力，去保卫那比自己母亲更伟大的祖国。

妈妈，看了这封信以后，我想，在您的皱纹的脸上也许会漾出一丝安慰的微笑吧。再见了，孩子在征途中永远祝福着您！

星海

一九三七年十二月三十一日

（摘自冼星海写给母亲的信①）

【家书简析】

冼星海（1905—1945 年）是中国近代著名作曲家、钢琴家，有"人民音乐家"美誉。其代表作有《黄河大合唱》。

这封家书写于 1937 年 12 月 21 日作者参加上海话剧界救亡协会战时移动演剧第二队赴苏州、南京、洛阳等地开展文艺救亡宣传活动途中。在民族生死存亡之际，这封家书不仅表达了自己对远方母亲的挂念，而且表达了对祖国母亲最强烈的赤诚之心、为了祖国母亲愿赴国难的决心。

作为人民音乐家，冼星海始终扎根基层，紧紧与人民群众相结合，从群众中汲取力量，为人民创作，鼓舞人民斗志。他在家书中指出，"我要做个生在社会当中的一个救亡伙伴，而且永远地要从社会的底层学习"，"我常常感到民众的力量最伟大，民众对音乐的需要，尤其在战时，那使我不能不忍痛地离开你而站立在民众当中。他们热烈地爱着我，而我也爱护他们"。冼星海身上有着对祖国、对民族强烈的责任感，在这民族存亡时刻，他自觉承担起一个音乐人的责任，用音乐作武器开展救亡宣传工作，"我是一个音乐工作者，我愿意担起音乐在抗战中伟大的任务，希望着用宏亮的歌声震动那被压迫的民族，慰藉那负伤的英勇战士，团结起那一切苦难的人们"。自古忠孝难两全，为了国家和民族，冼星海不能陪伴在母亲身边尽孝，只能让母亲忍受寂寞，"把最伟大的爱来贡献国家，把最宝贵的时光和精神都要花在民族斗争里"，因为冼星

---

① 丁振宇. 中华名人家书［M］. 北京：北京工业大学出版社，2015.

海知道，只有祖国打胜仗了，"那一切的母亲们和儿子们都能有团叙的一天"。冼星海在这封写给母亲的家书中，表达了毫无保留地把自己奉献给国家和民族的决心，表现了中华儿女最无私的爱国情感和英雄主义精神。

【家书摘编】

竹安弟：

　　友人告知我你的近况，我感到非常难受。么（幺）姐及两个孩子给你的负担的确是太重了……话又得说回来，我们到底还是虎口里的人，生死未定……假若不幸的话，云儿（江竹筠和丈夫彭咏梧的孩子彭云）就送你了，盼教以踏着父母之足迹，以建设新中国为志，为共产主义革命事业奋（斗）到底。

　　孩子们决不要骄（娇）养，粗服淡饭足矣……

竹姐
8 月 26 日
（摘自江竹筠致弟江竹安^①信）

【家书简析】

　　江竹筠（1920—1949 年），1939 年加入中国共产党。1947 年 11 月，她和丈夫彭咏梧去下川东万县组织武装起义。1948 年 1 月，彭咏梧在起义中牺牲。丈夫牺牲后，江竹筠强忍悲痛，毅然接替丈夫的工作。她说："这条线的关系只有我熟悉，我应该在老彭倒下的地方继续战斗。"同年 6 月，由于叛徒出卖，江竹筠不幸被捕，被关押在重庆渣滓洞监狱。国民党军统特务用尽各种酷刑：老虎凳、吊索、带刺的钢鞭、撬杠、电刑……甚至残酷地将竹签钉进她的十指，妄想从这个年轻的女共产党员身上打开缺口，破获地下党组织。面对敌人的严刑拷打，江竹筠始终坚贞不屈："毒刑拷打，那是太小的考验。竹签子是竹子做的，共产党员的意志是钢铁！"1949 年 8 月 26 日，江竹筠思念寄养在亲戚谭竹安家中的儿子彭云，将吃饭时偷偷藏起的筷子磨成竹签，蘸着自制的墨水写下了这封遗书。11 月 14 日，重庆解放前夕，她被国民党军统特务杀害于渣滓洞监狱，为共产主义理想献出了年仅 29 岁的生命。

---

① 张天清. 红色家书［M］. 南昌：百花洲文艺出版社，2018.

【家书摘编】

三叔：

　　您好！

　　近来身体好吗？工作忙吧？精神愉快吧？生活过得怎样呢？一切都好吗？因我任务繁重，时间紧迫，很久没给你写信，对不起，请原谅吧！

　　由于党和上级首长对我的重视，要把我培养成为一个党所要求的又红又专的共产主义接班人，因此，对我的成长和进步特别关心，曾调我到外地学习，以提高我的政治觉悟和理论水平。……

　　由于党的培养教育，同志们的帮助，加上自己在实践中的刻苦锻炼，使我的工作、学习军事技术等各方面都有很大的提高和进步。……从 3 月 16 日起到今天为止，我驾驶的汽车已安全行驶了四千多公里，没发生事故，圆满地完成了各项运输任务，我决心继续努力，争取更大的成绩。

　　此致
敬礼

雷锋

（摘自雷锋致三叔雷明光信①）

【家书简析】

　　这是 1962 年 6 月 26 日雷锋写给三叔雷明光的一封家书。家书传递了一个晚辈对其尊敬的长辈的牵挂之意和感恩之心，表达了一位对努力上进、对工作尽心尽责的普通战士的朴素感情。"我驾驶的汽车已安全行驶了 4000 多公里，没发生事故，圆满地完成了各项运输任务，我决心继续努力，争取更大的成绩……"

　　爱国的表现形式多种多样，为民请命是爱国，变法图强是爱国，投笔从戎是爱国，隐姓埋名献身两弹一星事业是爱国，告别繁华，选择泥泞，把青春挥洒在扶贫路上的滚烫初心是爱国，32 年风雨无阻、坚守黄海前哨的承诺是爱国……雷锋的爱国，是在最平凡的岗位上，日复一日，努力学习本领，认真完成好自己的工作任务，这也是我们普通人最朴实的爱国表达。人民是历史的创造者，新中国 70 多年来取得的成就离不开人民在平凡岗位上的坚守和付出。正如习近平总书记指出的那样："伟大出自平凡，英雄来自人民。把每一项平

---

① 雷锋. 雷锋日记 名师导读 [M]. 武汉：华中科技大学出版社，2019.

凡工作做好就是不平凡。""王继才守岛卫国32年，用无怨无悔的坚守和付出，在平凡的岗位上书写了不平凡的人生华章。我们要大力倡导这种爱国奉献精神，使之成为新时代奋斗着的价值追求。"我们要像雷锋同志学习，王继才同志学习，像千千万万个在平凡的岗位上无怨无悔的坚守和付出的人民学习，在平凡的岗位上作出成绩，报效祖国。

【家书摘编】

见信如面，我想念的宝贝女儿。欣闻你以优异的成绩通过辽宁师范大学影视艺术学院的毕业答辩，甚是欢喜。爸爸希望你牢记并践行你最喜欢的那句话："不忘初心，方得始终。"

歌曲《爱延续》中唱道："溪的美，鱼知道；风的柔，山知道。"那爸爸自愿申请援疆的真实缘由，你有权利知道。爸爸志愿报名援疆真实的缘由是——回家！

一九六三年到一九六六年，你的爷爷武凤洲与你的奶奶王荷英作为第一代援疆人在新疆生产建设兵团留守部队工作了四年时间。他们一九六三年在石河子结为夫妻，用双语书写的结婚证依然保存完好，家人视为珍宝。他们的长子，我们的长兄武边疆因病去世，永远安眠在了昌吉州玛纳斯县。援疆，对于我来说是沿着父母的革命足迹继续前进。

这是游子对家的思念，这是辽河赤子在听从党的召唤！这是一次接受水与火考验的难得的锻炼机会。而我现在要做的，就是像父亲和母亲以及其他援疆前辈那样，以真诚之心融入当地，毫无保留地奉献出自己的心力与才智。个人的能力有大小，但在援疆大业面前，绝对可以做到当仁不让。我必将会像对待自己的眼睛一样倍加珍惜这令人难忘的人生经历。

爸爸到新疆干什么？回答是干事儿！作为第二代援疆人来到这里，我不是游客，也不是过客、看客，更不是来做官、过官瘾的。我想用我的智慧和双手倾我所有，尽我所能，实实在在地帮助这里的家人做一些事情。哪怕我多栽几棵树，我真心希望他们能够绿树成荫，为乡亲们遮风挡雨，带来笑颜。

三年之后我能为当地留下什么？我的回答是真情！在产业、教育、医疗、文化等援疆工作中，我们想尽可能地多留下一些精神产品，我把它称作真情。因为，真情是最温暖的、攻无不克的力量。诚然，即使我们援疆人的付出，换不来金山银山与绿水青山，纵使我们的绵薄之力不能给新疆各族人民带来更多的利好与福祉，我们仍然会义无反顾地，用我们的真心换取新疆各族群众的真情。

伸出你的手，伸出我的手，大家携手，在美丽的塔城地区和布克赛尔，共同画上一个大大的同心圆，此生不悔！

记得你第一次来新疆，是为了拍摄一部毕业纪录片，大美新疆让你痴迷，并最终以一部获奖作品纪念此行。第二次你来新疆，是今年5月份，爷爷病故后，懂事的你主动陪我度过了人生中最难过的一段苦时光，你给了我莫大的精神支持。第三次你来新疆，希望你能像爷爷和爸爸一样，也成为一名光荣的援疆人，成为中国第三代援疆志愿者。

晴儿，爸爸相信你，一定不会辜负众目期待。爸爸爱你，加油！

父亲：武兴旺于新疆和布克赛尔县

2017年7月18日

（武兴旺致女儿武天晴信①）

【家书简析】

2017年2月，武兴旺以第九批援疆干部的身份，来到新疆塔城地区的和布克赛尔蒙古自治县，五个月后，在女儿即将大学毕业之际，武兴旺通过电子邮件，给武天晴写下了这封家书，向我们展示了援疆人的精神世界。

这封家书中所透露出来的，不仅是简单表达对女儿毕业的祝福，对女儿的关爱，更是父亲对女儿人生的道路指引。与大部分父亲希望女儿过着舒适的生活不同，武兴旺希望女儿到祖国需要的地方、到艰苦的地方工作，在他看来，援建，不是吃苦，而是"辽河赤子在听从党的召唤！这是一次接受水与火考验的难得的锻炼机会"。表达了一个共产党员的忠诚与担当，表达了援疆二代拳拳爱国之心和对援疆事业的热爱。对于武兴旺来说，爱国就是追随父母的革命足迹，毫无保留地奉献自己的才智，支援新疆建设。"就是像父亲和母亲以及其他援疆前辈那样，以真诚之心融入当地，毫无保留地奉献出自己的心力与才智。"爱国是实实在在地为这个地方的人民"干事"："我想用我的智慧和双手倾我所有，尽我所能，实实在在地帮助这里的家人做一些事情。哪怕我多栽几棵树，我真心希望他们能够绿树成荫，为乡亲们遮风挡雨，带来笑颜。"爱国是家风的传承，让支援边疆事业一代一代传承下去，"希望你能像爷爷和爸爸一样，也成为一名光荣的援疆人，成为中国第三代援疆志愿者"。

---

① 新浪网-新闻中心. "志愿报名援疆真实的缘由是回家"—记武兴旺一家祖孙三代援疆情[EB/OL]. 2018-06-07 [2018-06-07]. http://k. sina. com. cn/article_6134946498_16dabdac20010091a3. html?cre=tianyi&mod=pcpager_china&loc=20&r=9&doct=0&rfunc=100&tj=none&tr=9.

"不忘初心、方得始终。"这是共产党员的使命责任，是一位父亲对儿女的期望，秉持初心，援疆精神一定会代代传承，人民幸福一定会在祖国各地得以实现。

【家书摘编】

爸：

我们已经登机！不敢给妈打电话，我怕自己和妈都控制不住情绪！作为您的独子，这么多年来医路狂奔，又留学哈佛三年，错过了姥爷出丧，错过了母亲的手术，错过了儿子的出生，错过了女儿的成长……感谢您、母亲和玉倩对家庭的付出，跪恩于您对孩子的理解和支持！我们祖辈几世行医，为的便是悬壶济世！国难当前，理应挺身而出！我会照顾好自己！

孩儿叩拜

海鹏：

收到你今早上午 10 点集合"参加齐鲁医院医疗队对口支援武汉大学人民医院抗击疫情"的信息后我忐忑不安！瘟神病害笼江城，华夏九州魂魄惊。目前，疫情好似脱缰的野马肆意横行，现已夺走数百人的生命，数万人受害，疫情还在蔓延，现在你去武汉参与对口支援就如同战争年代奔赴前线。你是独子，爸妈身体多年不好，明知山有虎，偏向虎山行，我怎能不担心。但是你是医生，是国家出资在美国哈佛培养的博士、博士后，你是齐鲁医院 ICU 年轻的医学专家。国家有难，匹夫有责，武汉的同胞们正在忍受煎熬，越是艰险越向前，"世上没有从天而降的英雄，只有挺身而出的凡人"。爸妈都支持你成为一名"逆行者"！

赴武汉后，在这没有硝烟的战场上，除邪治患救苍生。你所接触的每一位病人都是病危患者，要细心、多关心每一位患者，你多付出一些劳动、多献出一点爱，就有可能从死神中多夺回一条生命，就能多挽救一个家庭。同时你要做好自我防护，保护好自己。这场疫情阻击战牵动着全国人民的心，世界各国都在注视着我们，我期待你传来胜利的消息！你的一双儿女在期盼你平安归来！

海鹏加油！武汉加油！

（摘自郭海鹏父子间抗疫家书①）

---

① 李馨. 两封家书，诉说战疫衷肠［J］. 走向世界 2020（8）：60—61.

【家书简析】

这两封家书，一封来自山东大学齐鲁医院重症医学科副主任医师郭海鹏在驰援武汉抗击疫情出征前给父亲的家书，而另一封则是父亲给郭海鹏的回信。

2020 年初，一场突如其来的新冠病毒袭击了荆楚大地，武汉告急！湖北告急！为了支援湖北的抗疫，夺取全国抗疫的胜利，守卫人民的生命安全，在党中央的坚强领导下，发挥我国全国一盘棋的制度优势，19 个省市的医护人员紧急驰援湖北，全力支持湖北救治工作。疫情就是命令，生命就是责任。在抗疫使命的紧急召唤下，众多医护工作者没来得及与家人告别，就匆匆登上了战车，奔赴抗战的第一线，展现了医护人员崇高的职业操守和不怕牺牲的爱国奉献精神。郭海鹏就是其中的一员。

郭海鹏给父亲的家书，短短一百多字，写出了一位长期致力于医学事业而忽略家人的愧疚之情，写出了一位医护工作者坚守岗位、悬壶救世的责任担当，也表达了一名中国人在国家危难面前不怕牺牲、勇于斗争的最朴实的爱国情怀。"我们祖辈几世行医，为的便是悬壶济世！国难当前，理应挺身而出。"良好的家风传承，是郭海鹏勇往直前的精神来源。其父亲在收到儿子的家书后，虽有对儿子安危的担心，但更多的是让我们看到了一位父亲的深明大义和对儿子赴国难的坚定支持，"国家有难，匹夫有责""爸妈都支持你成为一名'逆行者'""除邪治患救苍生""我期待你传来胜利的消息"！"战疫"家书，让我们看到了郭海鹏和像郭海鹏一样的广大医护工作者与国家命运休戚与共，在国家危难面前的无私奉献，英勇担当，他们守护了国家和人民的安全，抒写了新时代的英雄赞歌。

爱国，是每个人的本分和职责；敬业，是爱国主义的最好诠释。习近平指出，在湖北和武汉人民遭受疫情打击的关键关头，广大医护工作者坚韧不拔、顽强拼搏、无私奉献，展现了医者仁心的崇高精神，展现了新时代医务工作者的良好形象，感动了中国，感动了世界，高度肯定了医护人员的敬业精神。白衣战士用自己的实际行动诠释了爱国的精神实质，也为我们每个人在自己的岗位上践行爱国主义作出了表率。

二、敬业篇

【家书摘编】

闻人言邦允者，阳明子之表弟也，将之官闽之苍峡而请言。阳明子谓之曰："重矣，勿以进非科第而自轻；荣矣，勿以官卑而自慢。夫进非科第，则人之待之也易以轻，从而自轻者有矣；官卑，则人之待之也易以慢，从而自慢者有矣。夫科第以致身，而恃以为暴，是厉阶也；高位以行道，而遽以媒利，是盗资也，于吾何有哉？吾所谓重，吾有良贵焉耳，非矜与敖之谓也；吾所谓荣，吾职易举焉耳，非显与耀之谓也。夫以良贵为重，举职为荣，则夫人之轻与慢之也，亦于吾何有哉！行矣，吾何言！"

正德壬申五月阳明居士王守仁伯安书于慎独轩

［（明）王阳明致表弟邦允信①］

【家书简析】

王阳明，（1472—1529 年），名守仁，字伯安，号阳明，浙江余姚人。明代著名思想家、哲学家、军事家、教育家。官至南京兵部尚书，生前封新建伯，身后谥文成公。王守仁是明代心学集大成者，有《王文成公全书》传世。阳明先生为明朝一代治世能臣，文韬武略，史称"真三不朽"，实现了立德、立功、立言，五百多年来，一直为后人所敬仰。

这是一篇写给即将上任新官的送别赠言，是王阳明应其表弟的请求，在表弟临行到福建苍峡上任时所写。明代文官以科举考试为进身之阶，官场中轻视非科举出身的官员，其表弟入仕非经过科举考试，且职位是从九品，也即是最低级别的官员。为此，王阳明通过家书鼓励他只要良知做主，自尊自爱，忠于职守，就是高贵的；如果官品不好，以官牟私，职衔再高，也无异于窃贼。这反映了阳明先生一贯的致良知思想，即只要抱有圣贤之心，无论做什么都是圣贤，这种观点与社会主义所提倡的职业观念是契合的。

毛泽东曾说，革命工作只有分工不同，没有高低贵贱之分。1959 年 10 月 26 日，国家主席刘少奇在接见参加"全国群英会"的代表时传祥时指出："你掏大粪是人民勤务员，我当主席也是人民勤务员，这只是革命分工不同。"充

---

① 王阳明. 王阳明全集［M］. 北京：中国画报出版社，2016.

分说明了社会主义职业观，职业无高低贵贱之分，在哪个岗位都是为人民服务。只要秉持"我为人人、人人为我"思想，把工作做好了，就是为国家为社会做贡献，别人怎么看并不重要。正如阳明先生所说，不管在什么职位，都不能看轻自己，要爱惜荣誉，不能懈怠敷衍，"重矣，勿以进非科第而自轻；荣矣，勿以官卑而自慢"，只要自己做到了尽心尽责，问心无愧，他人如何评价，又有何关系呢？"夫以良贵为重，举职为荣，则夫人之轻与慢之也，亦于吾何有哉！"

这封家书，让我们从古代哲人身上深刻体会了职业无贵贱的道理，"闻道有先后，术业有专攻"，只要积极向上，保持一颗为人民服务之心，就是对社会有益的，就值得社会的尊重。

【家书摘编】

早晚受业请益，随众例不得怠慢。日间思索有疑，用册子随手札记，候见质问，不得放过。所闻诲语，归安下处，思省切要之言，逐日札记，归日要看。见好文字，亦录取归来。

不得自擅出入。与人往还，初到问先生有合见者见之，不合见则不必往。人来相见，亦启禀，然后往报之，此外不得出入一步。居处须是居敬，不得倨肆惰慢。言语须要谛当，不得戏笑喧哗。凡事谦恭，不得尚气凌人，自取耻辱。

不得饮酒，荒思废业，亦恐言语差错，失己忤人，尤当深戒。不可言人过恶，及说人家长短是非。有来告者，亦勿酬答。于先生之前，尤不可说同学之短。

交游之间，尤当审择。虽是同学，亦不可无亲疏之辨。此皆当请于先生，听其所教。大凡敦厚忠信，能攻吾过者，益友也；其谄谀轻薄，傲慢亵狎，导人为恶者，损友也。推此求之，亦自合见得五七分，更问以审之，百无所失矣。但恐志趣卑凡，不能克己从善，则益者不期疏而日远，损者不期近而日亲，此须痛加检点而矫革之。不可荏苒渐习，自趋小人之域。如此，则虽有贤师长，亦无救拔自家处矣。

见人嘉言善行，则敬慕而纪录之。见人好文字胜己者，则借来熟看，或传录之而咨问之，思之与齐而后已。不拘长少，惟善是取。

以上数条，切宜谨守。其所未及，亦可据此推广。大抵只是"勤谨"二字：循之而上，有无限好事，吾虽未敢言，而窃为汝愿之。反之而下，有无限不好事，吾虽不欲言，而未免为汝忧之也。盖汝若好学，在家足可读书作文、讲明义理，不待远离膝下，千里从师。汝既不能如此，即是自不好学，已无可望之理。然今遣汝者，恐汝在家汩于俗务，不得专意。又父子之间，不欲昼夜督责，及无朋友闻见，故令汝一行。汝若到彼，能奋然勇为，力改故习，一味勤谨，则吾犹有望。不然则徒劳费，只与在家一般。他日归来，又是旧时伎俩人物，不知汝将何面目归见父母亲戚乡党故旧耶？念之！念之！"夙兴夜寐，无忝尔所生！"在此一行，千万努力！

[摘自（宋）朱熹致儿子朱墅信①]

【家书简析】

朱熹（1130—1200 年），字元晦，又字仲晦，号晦庵，祖籍徽州府婺源县（今江西省婺源）人，是宋朝著名的理学家、思想家、哲学家、教育家、诗人，儒学集大成者，世尊称为朱子。朱熹 19 岁中进士，为官九年，清正有为；亲手创办了云谷、寒泉、武夷等书院，讲学传道 40 多年。朱熹一生著述甚多，包括了《四书集注》《周易本义》《西铭解》《太极图说解》《诗集传》《楚辞集注》等五十多部，后人辑有《朱子大全》《朱子集语象》等。其中的《四书章句集注》成为宋、明、清三代钦定的教科书和科举考试的标准，对后世学术政俗影响深远，是中国教育史上继孔子后的又一人。

这封家书是朱熹写给即将离开家门去远方求学的儿子朱塾的家书。朱熹在信中从"勤、谨"二字着眼，劝导儿子谨交友、谨言行、珍惜学习机会，发奋学习，有所作为。信中处处体现了严父对儿子的教导和期望，体现了对儿子成才的良苦用心，给人以教诲。

敬业的"业"最初的引申意义主要指学业，《礼记·学记》："一年视离经辨志，三年视敬业乐群。"指的就是对待学业的态度。古人学而优则仕，在古人看来，对待学习的态度和对待职业的态度是一致的，两者是贯通的。因此，可以说学习上的勤勉也是敬业精神的表现，对于学生更是如此。朱熹在这封家书中对于如何学习提出了建议：要勤苦努力，尊敬老师，唯老师之命是从；要多思多问，多写多记。"早晚受业请益，随众例不得怠慢。日间思索有疑，用册子随手札记，候见质问，不得放过。所闻诲语，归安下处，思省切要之言，逐日札记，归日要看。见好文字，录取归来。"敬业还要做到乐群。乐群强调志同道合，强调和而不同，相互促进。"敦厚忠信，能攻吾过者，益友也；其诐谀轻薄，傲慢亵狎，导人为恶者，损友也"，以此告诫儿子交友谨慎，要交

---

① 夏家善. 名人家训［M］. 天津：天津古籍出版社，2017.

接益友，疏远损友，这既是择友之道，又是作学问之道。

敬业离不开勤字，无论学习工作，都必须在勤字上下功夫。家书中，最核心的就是"勤、谨"二字，读书、交友、做人做事都莫不源于此。"以上数条，切宜谨守。其所未及，亦可据此推广，大抵只是勤谨二字。"只要做到勤谨，一切即可成，"能奋然勇为，力改故习，一味勤谨，则吾犹有望"。朱熹不仅在家书中对儿子提出勤谨要求，而自己身体力行，一生奉行勤谨，在人生的最后时刻，虽遭迫害，身患残疾，仍然勤奋工作，在十分艰难的条件下，将自己的学术思想汇集成册，传于后世，福泽世人。而家书的受信人朱塾，也不负父亲的教诲，发奋学习，出仕为官，终其一生，未有贪腐丑闻。

"勤"是敬业的重要表现，是走向成功的必经之路，古今读书做学问之人莫不尊崇，今天，勤奋学习，勤勉工作，仍然是敬业的基本要求，我们都需要时常以"夙兴夜寐，无忝尔所生"警醒自己，努力努力再努力，以不愧对家人、单位。

【家书摘编】

写至此，接得家书，知四弟、六弟未得入学，怅怅然。科名有无迟早，总由前定，丝毫不能勉强。吾辈读书，只有两事：一者进德之事，讲求乎诚正修齐之道，以图无忝所生；一者修业之事，操习乎记诵词章之术，以图自卫其身。进德之事难于尽言，至于修业以卫身，吾请言之——

卫身莫大如谋食。农工商劳力以求食者也；士劳心以求食者也。故或食禄于朝，教授于乡，或为传食之客，或为入幕之宾，皆须计其所业，足以得食而无愧。科名者，食禄之阶也，亦须计吾所业，将来不至尸位素餐，而后得科名而无愧。食之得不得，究通由天作主，予夺由人作主；业之精不精，则由我作主。然吾未见业果精，而终不得食者也。农果力耕，虽有饥馑必有丰年；商果积货，虽有雍滞必有通时；士果能精其业，安见其终不得科名哉？即终不得科名，又岂无他途可以求食者哉？然则特患业之不精耳。

求业之精，别无他法，曰专而已矣。谚曰"艺多不养身"，谓不专也。吾掘井多而无泉可饮，不专之咎也。诸弟总须力图专业。如九弟志在习字，亦不尽废他业，但每日习字工夫，断不可不提起精神，随时随事，皆可触悟。四弟、六弟，吾不知其心有专嗜否？若志在穷经，则须专守一经；志在作制义，则须专看一家文稿；志在作古文，则须专看一家文集。作各体诗亦然，作试帖亦然，万不可以兼营并鹜，兼营则必一无所能矣。切嘱切嘱！千万千万！此后写信来，诸弟各有专守之业，务须写明，且须详问极言，长篇累牍，使我读其手书，即可知其志向识见。凡专一业之人，必有心得，亦必有疑义。诸弟有心得，可以告我共赏之；有疑义，可以告我共析之。且书信既详，则四千里外之兄弟不啻晤言一室，乐何如乎！

[摘自（清）曾国藩致四弟六弟等家书①]

【家书简析】

曾国藩（1811—1872年）字伯涵，号涤生，湖南省长沙府湘乡县人。他倡导洋务运动，创立湘军，是清朝的军事家、政治家、理学家，在治家、治军、治国、教育等方面都有重大建树。道光十八年（1838年）中进士入仕后，官至两江总督、直隶总督、武英殿大学士，封一等毅勇侯，成为清代文人封侯第一人，死后谥"文正"。一生著述颇多，以《曾国藩家书》流传最广，影响最大。

此家书是写于道光二十二年九月十八日，曾国藩在翰林院供职，兼任国史馆协修，是一个地位低下的小京官。在得知弟弟考试失利后，曾国藩在家书中给诸弟讲为学之道，传授学习方法。曾国藩认为无论读书还是劳作，都是谋生的手段，要谋生，就必须要把事情做到精。通过科举考试而获得功名，与农工商凭自己的本事吃饭一样，都是谋生。谋生是否谋得，虽不完全是由自己做主，但事情能不能做到精，这完全是自己能做主的，"食之得不得，穷通由天作主，予夺由人作主；业之精不精，则由我作主"。只要把自己的事情做到精，何愁不能谋生呢。"然吾未见业果精而终不得食者也。农果力耕，虽有饥馑，必有丰年；商果积货，虽有壅滞，必有通时；士果能精其业，安见其终不得科名哉？"如何才能做到精呢。曾国藩指出，"求业之精，别无他法，日专而已矣"。只有对学业、工作专一，专注，坐的冷板凳，吃的苦中苦，才能达到精进之路。

"敬业者，专心致志，以事其业也。"干一行，敬一行，钻一行，精一行，正如曾国藩所言，只要我们能够沉下心来，苦练本领，专心致志，精益求精，就一定能站稳脚跟，使人生出彩。

【家书摘编】

家书之一

至于做官，一切补署，自有天定，不可强为。我们只尽其在己，何谓尽

---

① 曾国藩. 唐浩明评点曾国藩家书 上［M］. 上海：文汇出版社，2018.

己？不怠惰，不推诿，不轻忽，不暴躁，而又歉以处己，和以待人，忠厚居心，谨慎办事，如是而已。其余一切非本己所可必，不必营求、焦急，徒自损心力。此居官之要，尔其志之！如将来或补或署，则须刻刻以爱民为心。遇有词讼各事，民事即已事，切不可忽略延玩。然此尚待后来，今日则不及此。惟此心须存于未经补署之先，临时更加内省耳。

家书之二

昨摺弁至。接尔来函，备悉一切，并知尔已委署蒲州府。

此缺山西均谓为苦缺，然自我视之，则仍为优。盖人之所称为苦，为其出息之少也。试问作官系何事？而可以出息之有无、多少为心乎？地方虽苦，苦于无钱耳，是苦在官。而百姓之性命身家，则皆待尔以安。尔自以为苦，则必剥民以自奉。是尔之苦，实不为苦，而百姓则真苦中苦矣！

知府一官，不若州县之与民亲，然与民亦甚近，何也？一切词讼，知府仍照常收呈，批审、批提，故尚有可以为百姓做事之处。而其职则尤重表率。尔既作知府，当思为属员观感。持心须公正，操守须廉洁，作事要勤速，问案更细心。须时时恐属员之反唇以讥我，时时恐百姓之众口以怨我。……试思大灾之后，尚忍为此伤天害理虐民之事乎？午夜扪心，当必瞿然惧矣！尔当于"利"之一字，斩断根株，立意做一清白官，而后人则受无穷之福。况尔正在求子之时，亟宜刻刻恤民，事事恤民，以种德行。一惑于利，则日久浸淫，将有流于贪婪而不自知者矣。尔欲做官，须先从此立脚，万不可效今时丧心昧良者流，只顾目前之热闹，不思子孙之败坏，是所至嘱！

……我日望尔之作一清白官，以增祖父之光，而贻后世之福，尔须深体此意。至于缺之苦不苦，直可置之度外。只要有饭吃，便可作官。我在此当格外减省，以接济尔，即不至于受累矣。

……川省官场，近日稍好。惟贪奸之徒，以不获利仍不死心，屡有条奏参劾，均仰蒙圣明洞鉴。来信内所言成都将军奏参之事，亦是无所得利，故为此倾陷。顷仍有旨，令我据实复奏，当一一覆陈。要之：我之作官，志在君民，他无所问。宁可被参而罢黜，断不依阿以从俗，而自坏身心，贻羞后世也。

家书之三

至作官，只是以爱民养民为第一要事，即所谓报国者亦不外此。盖民为国本，培养民气即是培养国脉。缘民心乐，民气和，则不作乱，而国家于以平康，此即所以报国也。尔以后务时时体察此言，立心照办，不使一事不可对民，一念不可对民。凡有害民者，必尽力除之；有利于民者，必实心谋之。我自尽其心，而百姓已爱戴不忘，甚可感也！

家人、书役皆民之蠹，当严加管束，毋使扰民，尤为至要。尔能如此，则报国家之恩，报上司之德，报天神之庇佑，报祖宗之贻谋，皆在于此。我亟望尔之能以此为心，而又恐尔之得则忘失，且以贻祸，故于此谆谆诰诫！尔果系肖子贤孙，必当奉以终身，矢志奉行也。

至现在民间正当征收秋粮之际，尔可札行所属各州县，务须查照向来定章征收，不得浮收多取，亦不准任听书差需索。如违，定行禀办。虽各属，亦恐未必以尔一札即行遵照，然有此儆戒，较之毫不过问之上司，稍为有益。大凡官为民兴利，能得一分即是一分，不必事事做到十分也，尔可遵照行之。

（摘自（清）丁宝帧致儿子丁体常信①）

【家书简析】

丁宝桢（1820—1886 年），字稚璜，贵州平远（今贵州省毕节市织金县）牛场镇人，淮军名将，晚清名臣，洋务运动代表人物，担任过岳州知府、长沙知府、山东巡抚、四川总督。

丁宝桢勤政爱民，政绩卓著，出任山东、四川巡抚期间，整顿吏治、兴办洋务、抵御外侮；为政清廉，生活俭朴，常捐赠薪俸给困苦者，然自身却因生活所需而负债累累，至死不能还清，以致死后差点无钱下葬，赖僚属集资方成行，"丧归，僚属集赙，始克成行云"。丁宝桢一生报国爱民、清正廉洁，去世后赠太子太保，谥文诚，并在山东、四川、贵州建祠祭祀。

这三封家书是丁宝桢写给大儿子丁体常的家信，借此向儿子传授为官理政、修身报国之道。第一封家书写于光绪二年（1876 年），丁宝桢时任山东巡抚，儿子丁体常以知府衔为吏部发往山西候补，在得知长子携眷平安抵晋的消息后，写下家书，与之谈论为官、生活之道。第二封家书写于光绪六年（1880）的农历二月二十五日。其时，丁宝桢任四川总督刚好三年。这三年中，革陋规、裁夫马、改盐务成效大进。但因其改革触动了当地权贵的利益，故遭到各路弹劾，官阶由原来从一品衔的总督，迭降为四品的署督。其长子丁体常写信忧虑父亲的处境，同时告知父亲自己新获蒲州知府委任，叹其为苦缺，丁宝桢为此写了这封复信，告诫儿子为官、做人之道。第三封家书此信写于光绪九年（1883）的农历七月二十二日。其时，丁宝桢仍在四川总督任上，长子体常

---

①　丁宝桢. 丁文成公家信［M］. 济南：山东画报出版社，2012.

"以克勤克俭，卓著政声"，得到了巡抚张之洞的器重，"雅重之，深羡文诚有子"，丁宝桢欣慰之余，写信告诫儿子要做好官，行好事。这三封信，透露出丁宝桢对于中国存在了几千年的"官"这一岗位的认知和做一个好官的标准要求。

丁宝桢指出，做好官关键在于尽到自己的责任，"至于做官，……我们只尽其在己。何谓尽己？不怠惰，不推诿，不轻忽，不暴躁，而又歉以处己，和以待人，忠厚居心，谨慎办事，如是而已"。体现了他勤政、担当、谦虚、忠厚的为官之道。

丁宝桢非常重视民本思想，并把它放在为官之道的核心地位，"为官，第一要务是为民。盖民为国本，培养民气即是培养国脉。凡有害于民者，必尽力除之。有利于民者，必实心谋之"。他作官的目的，"志在君民，他无所问"。只要对得起百姓，被罢黜丢官都不在乎，"宁可被参而罢黜，断不依阿以从俗，而自坏身心，贻羞后世也！"为此，他告知儿子，为官不能"自以为苦"，否则必"剥民以自奉"，苦了百姓。他告诫儿子要把百姓是否满意放在心上，"时时恐百姓之众口以怨我"。他要求儿子要做好官员的表率，秉持公正之心，根除利欲之心，做一个廉洁爱民的好官。"持心须公正，操守须廉洁，作事要勤速，问案更细心。"他要求儿子做一个清官，作官只要能有口饭吃即可，"我日望尔之作一清白官，"只要有饭吃，便可作官"。丁宝桢以家书为载体，透过家书浓浓的亲情，阐述了自己的为官做人之道，将自己报国爱民、清正廉洁的价值追求传承给子孙，滋养着世人。

习近平总书记指出，各级领导干部要树立正确的权力观、政绩观、事业观。不慕虚荣、不误虚功、不图虚名，切实做到为官一任，造福一方。丁宝桢给儿子的家书，其传递出的为官爱民清廉思想，与习近平总书记对党的干部的要求有一致性，丁宝桢的家书不仅对儿子如何做一个好官有帮助，而且对现今如何做一个好干部有重要教育意义。

【家书摘编】

橙：

新年好！

多年没有提笔写信了，但一直想给你写封长信，几年了今天终于提笔了。由于微信的出现让人变得更懒了，方便的同时让我们丢掉了很多东西，例如导航让每个人都成了路盲，发微信不用书写却忘了文字的传承、阅读时文字交流的感受。如果我今天的信用微信发给你，你可能不一定能看完它，且读之大概之意思，并回复"知道"、或"明白"或直接语音回答"谢谢"，再简单就发几个表情。

今天给你写信是想和你交流一些想法，相信你能认真看完，并能在阅读时闻到笔墨的芳香。你工作已经三年了，想和你聊聊工作和生活。

你的个性、性格、思想：你是我的女儿，我养育你从大学到留学英国到回国及参加工作，二十多年，所谓知女莫过父母心，故我是最最了解你的人，说白了，你的所想我是一清二楚的，你的思想很容易受外人的影响，例如大学时谈恋爱受人影响牺牲自己很多学习时间、英国受同学的影响等等。现在回头想想你自己也觉得当时都错了。说这些是想提醒你要善于总结，善于分析别人的观点，多听听家人的意见。爸爸永远不会骗你，更不会害你，永远为你着想。做事要有恒心要坚持要有坚定不败的信念，有目标就要坚定自己的思想，不要受别人的影响。每个人的生长环境各不相同，故每个人的想法和出发点各不相同。你已而立之年，何为而立？而立就是要有担当，要有责任，要有感恩之心，要对自己和家庭负起应有的责任，对工作要做出成绩。

工作：现在你要珍惜自己的工作岗位，努力做好本职工作，乐于帮助别人，在自己的岗位上力争做到第一，一定要有一颗上进的心，发挥出所有的正能量，让自己发光发亮，同事之间的消极因素与己无关。现在做得越多，将来收获越精彩，不要怕苦怕累。

交友：说起交友不需要我来啰唆，但我在此还是需提个醒，多交些正能量的朋友，不要固定在几个朋友的小圈子里。朋友越多越好，但也要选择和淘汰的。这个你懂的，多些包容少一些抱怨。

……

个人的格局：心有多大，事业有多大，不要说得多做得少，有付出才有收获，不能拘于小事，不要觉得我做多了吃亏了，爷爷教育我学手艺要多做多问，吃亏就是福，说明多做不是亏，是福。经常问问自己，我做了么？我该为工作家庭做些什么？学会多为别人想想，要有一颗感恩的心：感恩父母养育之恩，感恩社会，感恩长辈，感恩朋友，感恩帮助自己的人。只有心存感恩，才知付出的珍贵，不要只想自己的得失，懂得付出就是收获，这样，自己的人生格局就更高更大了。此致！

丁酉年正月十二日

父亲小明

（摘自黄小明致女儿黄橙信[①]）

---

① 来钧，沈健，项勇，楼坚. 一封家书. 四十周年四十封信［M］. 北京：中国广播影视出版社，2019.

【家书简析】

黄小明，1965年出生于浙江东阳，中国工艺美术大师，非物质文化遗产"东阳木雕"代表性传承人，被誉为业界的"金手指"。他有近百件作品获得外观设计专利，是中国木雕界拥有专利最多的大师。

这封家书是2017年2月8日，黄小明给在杭州工作的女儿黄橙写的。家书字里行间透露着一位父亲对女儿的关心和期待，也表达了他对于做人和做事的看法。

黄小明出生工匠世家，工匠精神浸润到了其血液之中。他四十多年如一日的致力于东阳木雕的传承和创新，创作出了令世人惊叹的木雕作品，2005—2007年，黄小明花了整整两年时间完成北京故宫皇极殿乾隆宝座的复制，得到了宫博物院专家们"再现康乾盛世时中国宫殿皇座的艺术风采，完美传承了真品的神韵"的极高评价；他为G20杭州峰会主会场创作《忆江南》木雕屏风、为上合组织峰会（2018年）主会场设计制作木雕作品，使中国木雕艺术走上世界舞台。黄小明取得的成就，离不开他多年的勤奋和坚守，也离不开他做人的豁达。在给女儿的这封家书中，黄小明透漏出他的家风在于：首先，做事要有恒心，要有坚定不败的信念，要有担当，要有责任；其次，努力做好本职工作，在自己的岗位上力争做到第一；最后，要多做多问，吃亏就是福。黄小明对女儿的叮咛，让我们感受到了一个热爱自己的职业、忠于自己的职业、愿意为了自己的职业奉献一生的工匠形象。黄小明舍弃了现代化的通信手段，改用传统家书与女儿交流，既表现了他对于书信这种传统文化的热爱，也表达了他对于坚守和传承传统文化的初心。

工匠精神是一种敬业精神，是严谨认真、精益求精、追求完美、勇于创新的精神，黄小明作为非物质文化遗产的传承人，身上流淌着传统工匠精神，他透过家书所传递出的道理：要有恒心，有责任担当，要有上进心，多做事，吃亏是福，既是指导女儿开启人生成功的"密码"，也是这个时代青年人走向成功的"密码"。

【家书摘编】

威林：

......

我相信每个时代都有每个时代的机会，每个时代都会有每个时代的挑战，没有挑战就不会有成功，任何时代都是我奋斗我成功的时代。遗传基因、性格，以及出身，对于每个人来说无法选择，这些无法选择的因素可能会影响一个人奋斗的结果，但不会直接决定结果。可以选择的是，你是不是努力了，是不是够积极了，是不是对自己有不断进步的要求。每个时代都会给后天努力的人争取平等结果的机会。

我年轻时候的奋斗目标很朴素，是为了改善自己和家人的生活，和现在很多普通人奋斗一生的目标一样，相比之下，你比很多人更容易获得想要的物质生活，是不是你就可以停止努力，停止奋斗？威林，我想告诉你，不要放弃可以努力的机会，去体会你为理想的付出，去感受你自己创造的成功，无论输赢，都会带给你真正的快乐和成就感。即使到我这个年龄，未知的机遇和挑战，仍然对我充满着吸引力。所以，你妈妈经常会说我，陪她逛商场20分钟就嫌累，看项目持续走四五个小时还很精神。如果你可以用你坚持的价值观，你认同的方式去实现你的理想，会是一件非常有意思有价值的事情。我从来不要求你和姐姐一定要取得什么样的成绩，我相信你们只要有上进心，有使命感和责任感，走正门正道，怎么走都是好的结果。你在英国学的是酒店管理，我相信这是你喜欢和擅长的事情。你善于感受生活中的美好，温泉文旅和酒店的事业应该都是可以发挥你所长，找到事业乐趣的方向。希望你正在感受这种成就感。

去年，你在媒体面前提到你恪守的四个字——"守正出奇"，很高兴你把这个词作为自己和其他创业期年轻人共勉的词。中国的成语很有意思，可以顾名思义，守正，守住正确的东西，出奇，意味着不墨守成规，有创新，意味着将过去发扬光大。"守正"不易，"出奇"更不易，我相信以你的智慧、你的能力、你的奋斗，会慢慢感受到其中的乐趣，这将是你的人生中很珍贵的经历和体验，这也是我常常会用各种方式给你压力的原因。

威林，你是一个非常善良的孩子，你几乎对所有人都充满了爱心，你愿意尽你所能去帮助别人，这是你最大的优点，也是作为父亲，我经常会欣慰，也会担心的事情。中国老话说，害人之心不可有，防人之心不可无。在我们所处的环境还不够规范的时候，在契约精神还不能约束每个人的时候，我希望你学会识人，学会如何防范、如何保护自己。

（摘自黄祖仕写给儿子的信①）

---

① 民营企业家家书编辑部. 民营企业家家书［M］. 北京：中华工商联合出版社，2018.

【家书简析】

这是民营企业家、融汇集团董事长黄祖仕写给儿子黄威林的家信。通过这封家信，黄祖仕阐述了他对于男人如何做到"而立""立业"的看法，表达了一个企业家的对于事业的态度，表达了一个父亲对儿子成长成才的殷切期望。

黄祖仕认为，"立业""立家"是"而立"外在的形式，"而立"的本质是要有使命感、有担当。这种使命感和担当首先是对时代挑战的回应，唯有面对时代问题快速作出反映，应对挑战，才会有成功。同时，黄祖仕强调奋斗的重要性，要想成功，必须奋斗，"任何时代都是我奋斗我成功的时代"，每个人的出身、遗传基因等不能选择，但是对待事业的态度可以选择，"你是不是努力了，是不是够积极了，是不是对自己有不断进步的要求"，这才是决定结果的关键所在。他在给儿子的家信中，特别肯定了儿子对"守正出奇"的恪守，这也是当今时代作为一个创业者、企业家十分需要的品格。守正，意味着做事要坚持原则，对于正确的东西要能坚守，保证方向正确；而出奇，意味着不墨守成规，有创新，意味着将过去发扬光大。出奇是这个时代对创业者的要求，唯有创新，才能在守正的基础上发展。透过家书，黄祖仕勉励儿子依靠自己的智慧和能力，通过自己的奋斗恪守"守正出奇"，体会其中的乐趣，使之成为自己人生中珍贵的经历和体验

习近平总书记在 2020 年 7 月同企业家座谈时指出，企业家创新活动是推动企业创新发展的关键，企业家要做创新发展的探索者、组织者、引领者。黄祖仕给儿子的家信，表达了一个企业家对于创新的认知和积极态度，透过家书，他将企业家的创新精神向下一代传递，为企业和社会发展注入创新力量。

【家书摘编】

儿子：

展信佳。妈妈还是决定要进隔离病房。没有听你的话，跟你道歉。

那晚电话争吵中你说："现在形势严峻，医院的医生都可以上，为什么你这个快退休的人还要进隔离病房上一线？这不是拿自己的生命开玩笑吗！"我知道，这是你对我的关心和担心，但我还是希望你能理解我，这是妈妈的职责和使命。

儿子，人生不应该只求得安逸，有奉献才能体现人生价值，晚年亦复如是。

儿子，妈妈选择了医生这个职业，就注定我们聚少离多。三十年前，我就与传染病结下不解之缘。你见过患了传染病的病人及家属看我的目光吗？那里面透出的是对医生的信任、对健康的追求、对生命的渴望，在他们眼里，我就是他们人生的希望。我深知传染病给人们带来的痛苦和折磨，我毕生的愿望就是消灭这种痛苦和折磨。对不起了，儿子，我们短暂的别离是为了千万家的欢声笑语，等这次疫情平息，妈妈答应你，尽可能地多陪陪你。我相信你能理解的，是吧？

儿子，请你放心，妈妈和同事们都有信心也有能力打赢这场没有硝烟的阻击战。……

儿子，说不怕是假，但在使命面前，"害怕"这个词必须放下。今年我虽已56岁了，但妈妈是临床一线骨干，又是一名老党员，我必须扛起自己肩上的职责，必须义无反顾！

儿子，你说今年会带女朋友一起回家过年，妈妈很开心，因为你真的长大了。这些年妈妈总是忽略你的成长，没想到一晃你已经是要准备进入人生下一阶段的大人了，我很是欣慰。想想平时你总爱开玩笑说我是"三不管"——不管家、不管崽、不管自己，但今天不一样，妈妈已经为你们准备好了年夜饭，放在冰箱的冷冻室，你回来热热就能吃。我就不陪你们过年了，替我向小玲道歉！

儿子，纸短情长，妈妈准备穿防护服了。你放心，我会加倍小心。

乖孩子，现在换你守护这个家，妈妈要去守护自己的阵地了。"使命必达，在所不辞"，这是妈妈对你的承诺，也是妈妈对党和人民的承诺！

妈妈

2020 年 1 月 22

（摘自曹晓英致儿子信①）

【家书简析】

这是郴州市第二人民医院感染病诊疗中心主任曹晓英给儿子的一封家书。翻开家书，打开了一位母亲细腻而温暖的内心世界，看到了一位母亲对儿子的牵挂与爱护，看到了一位医护工作者的职责与担当。

与疫情的遭遇战、阻击战，把医护人员推到了战争的第一线，这里虽然没有炮火纷飞，但病毒肆虐，其破坏性、危险性一点也不亚于硝烟四起的战场。

---

① 《战"疫"家书》采编组. 战"疫"家书［M］. 西安：陕西师范大学出版社，2020.

但在这样的危险面前，我们的白衣战士们没有退缩，而是用他们的专业和勇气捍卫了医生的尊严，谨守了南丁格尔的誓言，为我们筑起了防护的钢铁长城，曹晓英即是他们中的普通一员。曹晓英给儿子的家书，让我们看到了医护人员的职业道德和敬业精神。正如她在家书中对儿子所言，选择了医生这个职业，就注定与家人聚少离多。作为传染病医护人员，她深深了解这种病痛给病人带来的痛苦，早就树立了坚定的职业目标，把救治传染病人作为自己毕生的职业追求："我深知传染病给人们带来的痛苦和折磨，我毕生的愿望就是消灭这种痛苦和折磨。"在病毒面前，这位母亲也应该有担心害怕，但是与医生的职业使命相比，与共产党员的责任相比，害怕就只能往后放了："妈妈是临床一线骨干，又是一名老党员，我必须扛起自己肩上的职责，必须义无反顾！""守土有责"，作为战士，守住自己的阵地是职责之所在，作为医生，在病毒面前，也有自己的阵地要坚守，"现在换你守护这个家，妈妈要去守护自己的阵地了"。作为一名白衣战士，曹晓英通过家书向儿子表明了自己的职业态度和使命担当，"使命必达，在所不辞"，用实际行动诠释了一名医护工作者忠于职守、担当作为、不怕牺牲、奉献社会的敬业精神，向党和人民交上了满意的答卷。

甘于奉献，是爱岗敬业的崇高表达。"儿子，人生不应该只求得安逸，有奉献才能体现人生价值，晚年亦复如是。"这是一位母亲对儿子的谆谆教诲，也是一位医护工作者的价值追求，正是有了千千万万个像曹晓英这样的不怕牺牲、甘于奉献的白衣战士，才守卫了人民的安全，取得了全国抗疫的重大胜利，赢得了世界的尊重。新时代，我们都应该像曹晓英这样，爱岗敬业，忠于职守，默默奉献，为国家的繁荣富强贡献自己的力量。

三、诚信篇

【家书摘编】

诸位贤弟足下：

十一前月八日，已将日课抄与弟阅，嗣后每次家书，可抄三叶付回。日课本皆楷书，一笔不苟，惜抄回不能作楷书耳。

冯树堂时攻最猛，余亦教之如弟，知无不言。可惜弟不能在京，在树堂日日切磋，余无日无刻不太息也！九弟在京年半，余懒散不努力；九弟去后，余乃稍能立志，盖余实负九弟矣！

余尝语贷云曰："余欲尽孝道，更无他事；我能教诸弟进德业一分，则我之孝有一分，能教诸弟进十分，则我之孝有十分。若全不能教弟成名，则我大不孝矣！"九弟之无所进，是我之大不孝也！惟愿诸弟发奋立志，念念有恒；以补我不孝不罪，幸甚幸甚！

岱云与易五近亦有日课册，惜其识不甚超亘，余虽日日与之谈论，渠究不能悉心领会，颇疑我言太夸。然岱云近极勤奋，将来必有所成。何子敬近侍我甚好，常彼此作诗唱和，盖因其兄钦佩我诗，且谈字最相合，故子敬亦改容加礼。

子贞现临隶字，每日临七八页，今年已千页矣，近又考订《汉书》之伪，每日手不释卷。盖子贞之学，长于五事，一曰《仪礼》精，二曰《汉书》熟，三曰《说文》精，四曰各体诗好，五曰字好，此五事者，渠意皆欲有所传于后少。以余观之，此二者，余不甚精，不知浅深究竟如何，若字则必传千古无疑矣。诗亦远出时手之上，必能卓然成家。近日京城诗家颇少，故余亦欲多做几首。

金竺虔在小珊家住，颇有面善心非之隙，唐诗甫亦与小珊有隙，余现仍与小珊来往，泯然无嫌，但心中不甚惬洽耳。黄子寿处本日去看他，工夫甚长进，古文有才华，好买书，东翻西阅，涉猎颇多，心中已有许多古董。

何世名子亦甚好，沈潜之至，天分不高，将来必有所成，吴竹如近日未出城，余亦未去，盖每见则耽搁一天也，其世兄亦极沈潜，言动中礼，现在亦学倭艮峰先生。吾观何吴两世兄之姿质，与诸弟相等，远不及周受珊黄子寿，而将来成就，何吴必更切实。此其故，诸弟能直书自知之，愿诸弟勉之而已，此数子者，皆后起不凡之人才也，安得诸弟与之联镳并驾，则余之大幸也！

季仙九先生到京服阕，待我甚好，有青眼相看之意，同年会课，近皆懒散，而十日一会如故。余今年过年，尚须借银百十金，以五十还杜家，以百金用。李石梧到京，交出长郡馆公费，即在公项借用，免出外开口更好，不然，则尚须张罗也。

门上陈升，一言不合而去，故余作傲奴诗，现换一周升作门上，颇好，余读《易》旅卦丧其童仆，象曰："以旅与下，其义丧也。"解之者曰："以旅与下者，谓视童仆如旅人，刻薄寡恩，漠然无情，则童仆将视主如逆旅矣。"余待下虽不刻薄，而颇有视如逆旅之意，故人不尽忠，以后余当视之如家人手足也。分虽严明，而情贵周通，贤弟待人，亦宜知之。

余每闻折差到，辄望家信，不知能设法多寄几次否，若寄信，则诸弟必须详写日记数天，幸甚！余写信亦不必代诸弟多立课程，盖恐多看则生厌，故但

将余近日实在光景写示而已，伏维绪弟细察。（道光二十二年十一月十六日）

（摘自曾国藩致兄弟家书①）

【家书简析】

《曾国藩家书》是曾国藩的书信集，19世纪中叶成书。该书信集记录了曾国藩在清道光三十年到同治十年前后达30年的书信往来近1500封，它记述了曾国藩一生的主要活动和他治军、从政、治学、治家的主要思想。《曾国藩家书》中通过教读书、做学问、勤劳、俭朴、自立、有恒、修身、做官等方面，展现了曾国藩"修身、齐家、治国、平天下"的毕生追求，他的家书句句妙语，讲求人生理想、精神境界和道德修养，是为人处世的金玉良言。②

曾国藩对作为古代社会衡量一个人重要道德品质之一的"诚信"推崇有加，在写给兄弟的家书中多次谈及讲诚信的重要性。《曾国藩家书》中有记载："昨信言：'无本不立，无文不行'。大抵与兵勇及百姓交际，只要此心真实爱之，即可见谅于下。余之所以颇得民心勇心者，此也。"③ 在这封家书中他告诉兄弟们，之所以自己能够得到百姓和下属将士的拥护，主要是因为在平时的相处中，能够真心诚意的关心爱护他们，真诚的以心换心，所以希望弟弟们也能够怀有一颗真诚之心与人交往，那么就一定会被认可，交到更多的真心朋友。在曾国藩看来，与人交往的一个重要原则就是要保持真诚之心，能够诚以待人、宽厚待人，对待朋友不失信、不自私。曾国藩把"诚信"看的非常重要，在待人方面也极力推崇"诚"，他认为："天地之所以不息，国之所以立，贤人之德业之所以可大可久，皆诚为之也，故曰：'诚者，物之始终，不诚无物'。"④ 他认为"诚"是人获得成绩、天地生生不息和个人国家立世之根本。

【家书摘编】

一个人想要交友取益，或读书取益，也要方面稍多，才有接谈交换，或开卷引进的机会。不独朋友而已，即如在家庭里头，像你有我这样一位爹爹，也属人生难逢的幸福，若你的学问兴味太过单调，将来也会和我相对词竭，不能

---

① 曾国藩. 曾国藩家书［M］. 南昌：江西人民出版社，2016.

② 夏婷.《曾国藩家书》语文教育思想研究及其现代启示［D］. 华中师范大学，2009.

③ 曾国藩. 曾国藩家书［M］. 南昌：江西人民出版社，2016.

④ 曾国藩. 曾国藩家书［M］. 南昌：江西人民出版社，2016.

领着我的教训，你全生活中本来应享的乐趣，也削减不少了。

——1927 年 8 月 29 日给孩子们书

凡做学问总要"猛火熬"和"慢火炖"两种工作循环交互着用去。在慢火炖的时候才能令所熬的起消化作用融洽而实有诸己。……做学问原不必太求猛进，像装罐头样子，塞得太多太急，不见得便会受益。

——1927 年 8 月 29 日给孩子们书

我自己常常感觉我要拿自己做青年的人格模范，最少也要不愧做你们姊妹弟兄的模范。我又很相信我的孩子们，个个都会受我这种遗传和教训，不会因为环境的困苦或舒服而堕落的。

——1927 年 5 月 5 日致思忠书

（摘自梁启超致子女家书①）

【家书简析】

梁启超可称为优秀父亲的表率，"一门三院士，九子皆才俊"，他的 9 个子女，各有所长、人人成才，其子梁思成、梁思永、梁思礼三人成为中国科学院院士。《梁启超家书》是他与子女及夫人的书信往来的集结，在 400 多封家书中，我们可以看到他对子女的教育，在子女修身、治学和立业等方面给予了细致的指导，既是孩子的严父，又是亲密的朋友，在书信中言传身教教育子女成长成才。

其子梁思礼在《梁启超家书》的前言中写道："梁启超一生写给他的孩子们的信有几百封。这是我们兄弟姐妹的一笔巨大财富，也是社会的一笔巨大财富。梁启超家书也涉及一般家庭事务，像平常百姓的家书一样，但更重要的是，这里面包含了梁启超对于求学、勇气、责任、坚持、处世、健康和理财等人生重要方面的基本主张和深刻的指导。在梁启超家书中，教育子女要诚实守信，加强自身修养。"② 从梁启超与孩子的情真意切的书信往来中，我们仿佛可以看到一个循循善诱、言传身教的父亲跃然于纸上。

【家书摘编】

尔初入仕途，择交宜慎，友直友谅友多闻益矣。误交真小人，其害犹浅；误交伪揆君子，其祸为烈矣。盖伪君子之心，百无一同：有拗揆者，有偏倚

---

① 梁启超. 梁启超家书［M］. 北京：中国青年出版社，2013.

② 梁启超. 梁启超家书（精选版）［M］. 北京：中国言实出版社，2017.

者，有黑如漆者，有曲如钩者，有如荆棘者，有如刀剑者，有如蜂虿者，有如狼虎者，有现冠盖形者，有现金银气者。业镜高悬，亦难照彻。缘其包藏不测，起灭无端，而回顾其形，则皆岸然道貌，非若真小人之一望可知也。并且此等外貌麟鸾中藏鬼蜮之人，最喜与人结交，儿其慎之。

（摘自纪昀致长子纪汝佶①）

【家书简析】

纪昀（1724—1805 年），清代文学家，编纂《四库全书》。这封信是写给长子纪汝佶的。这封信大概就写于纪汝佶乡试夺魁，即将走向仕途之际。纪晓岚在家信中训诫长子交友要谨慎，尤其对那些"外貌麟鸾中藏鬼蜮"的伪君子，更要谨慎，要诚信，因为这类人"最喜与人结交"，而"其祸为烈矣"，所以更要"慎之"。在儿子刚刚踏上仕途之际，纪昀首先就吩咐他交友要慎重，尤其是要警惕那类"伪君子"，而且通篇家书只谈伪君子，罗列伪君子的各种伪装和危害，可见纪昀对儿子成长过程中，视交友尤其是交伪君子为最大危险。

【家书摘编】

尊敬的各位员工：

在全球金融海啸的不利影响下，国际、国内经济环境异常严峻，而海亮集团在全体员工的拼搏奋斗下逆风飞扬，始终保持着稳健增长态势，行业龙头地位更加凸显，品牌国际影响更加强大。海亮的成功，是我们 8700 名海亮人的骄傲，是我们 8700 名海亮人的荣光，是大家倾洒汗水和激情结出的硕果，成功来源于每位海亮人的敬业奉献！在此，我们代表集团董事局向大家致以最衷心的感谢！

自公司创办以来，我们最大的成功是组建了一支优秀团队，我们最大的财富是 8700 名员工，每一名员工都是我们的上帝。因此，我们是怀着虔诚和感恩的心情与大家沟通思想、交换看法的。海亮是大家的海亮，海亮是大家的事业。因此，在不少企业效益下滑，纷纷裁员、降薪"过冬"的时候，我们召开千人大会郑重承诺"一不裁员二不降薪"，就是在用实际行动报答大家。因为，让每一位海亮人都富裕起来，过上幸福美好的生活，是我们的理想和追求。

---

① 王爽. 中国家训 2018 版 [M]. 海口：海南出版社，2018.

......

今年，我们邻近的一家企业发生的一起案件，很有借鉴意义。该公司一名外贸业务员，在职期间，利用职务之便搞业务"飞单"。该业务员冒用公司名义分别与两外商签订了货物买卖合同，并在市场购买了货物发给客户，从中获取差价，损害了公司的声誉、利益。此种差价之获取，构成了诈骗犯罪。最终，该业务员被以合同诈骗罪，判处有期徒刑十二年六个月，并处罚金人民币十万元。

近日，我们公司的采购员邵高松、仓库主管葛铁军二人，分别因涉嫌受贿、索贿犯罪，被公安机关刑事拘留。以目前已交代并查实的金额，他们二人都是在与客户的业务往来中，向客户收受、索取回扣，且金额较大。依据现行法律，他们二人必将在铁窗中度过很多年的青春年华。教训非常之深刻！

各位员工：根据我们掌握的线索和证据，目前，还有一些员工存在同样问题。尽管存在问题，但你们毕竟是海亮大家庭的一员，是我们的手心手背，是我们多年的兄弟姐妹，我们实在不忍心看到有问题的员工继续滑向深渊，面对铁窗牢狱。于情于理，我们都于心不忍！因此，今天我们姐弟俩写信给全体员工，主要是为了关心大家、爱护大家、帮助大家。在此，我们真情地希望有问题的员工在本月20日前，到廉正监察室把问题说清楚，退清收受款物。也可以直接找我们姐弟俩说清情况，退清钱物。公司对主动说清问题、退清钱款的员工，保证以最大的宽容，在绝对保密的情况下"冷处理"，不影响你的工作，不影响你的职务，不影响你在海亮的前途。

"要想人不知，除非己莫为"。对此抱侥幸心理，执迷不悟，拒不把问题说清楚的员工，不管职务多高、工龄多长、贡献多大、感情多深，不管亲戚朋友，都将交由我们廉正监察室依法依规严查，发现一个，处理一个；构成犯罪的，即刻移送公安机关，毫不迟疑，决不手软。

也许，有的员工不清楚，什么样的行为属于违规违纪？什么样的行为属于违法犯罪？根据公司规章制度，作为公司代表，只要你在商务、经济活动中收受或是索要了任何财物、现金的行为，即是违纪违规，都将被解除劳动合同。收受、索要金额和钱物在5千元以上的，即构成犯罪，将被追究刑事责任。

希望公司全体员工以高度的责任感，积极举报、检举揭发。集团公司将对举报人员高度保密，并给予相应奖励。

各位员工：海亮的昨天靠的是大家，海亮的今天因为有大家，海亮的明天更离不开大家！希望大家吸取教训，振奋精神，清清白白做人，干干净净做事，全身心地投入到我们伟大的海亮事业中去，再创我们事业新的辉煌。

海亮集团董事局主席冯海良

海亮集团总裁、党委书记冯亚丽

2008 年 12 月 6 日

（摘自浙江档案网络①）

【家书简析】

这封家书出自海亮集团，是在 2008 年金融危机期间，海亮公司经理冯海良、冯亚丽写给全体员工的一封公开信。主要表达了两方面的意思：一是承诺"不裁员、不降薪"，勇敢面对金融危机，大家一起度过金融危机的难关；二是号召公司全体一家人团结，不能为一己之私损害到公司的实际利益，出现问题主动坦白，真诚的告知大家，主动坦白，诚实守信。海亮集团的一个传统就是"诚信是底线，失信要付出代价"，公司实行签诚信协议、设"失信曝光台"，勿以恶小而为之，浪子回头金不换。诚信守法，一直被海亮奉为精神圭臬。从公开信中我们也可以看出，公司要求大家就要做事诚信，海亮不仅赢得了业内的口碑，更赢得了员工对公司的信任和支持。2018 年，海亮集团的这封家书捐赠给浙江档案馆永久收藏。海亮集团董事长曹建国说："无论海亮集团未来如何发展，始终离不开员工和员工队伍的建设，而诚信守法更是海亮在商业文明中立于不败之地和快速发展的法宝之一。"

四、友善篇

【家书摘编】

静涵吾儿：

  ……

一九二八年我到上海你正在狱中，我以为你如果不是共产党也是一个革命的群众，今接你的信没有一字谈及，希望你把二十年来的生活、工作、学问写信告我。你们夫妇谅有职业，可不来北平。你是否回家来信未提及，你如有职业不可轻（易）脱离，回家后需要仍能到现在的岗位工作。我已七十四岁，每天还要做八小时以上的工作，生活费公家尽量给我，但时局艰难我不敢多开

---

① 转引自 http://town.zjol.com.cn/zthd/2019dangan/ltzs/201905/t20190528_10217804.shtml.

支，所以我不望你北上。你们夫妇既能在上海大城市生活，谅有谋生之技能，或到长沙或仍在上海均好。你们如果需要我党录用，那末需要比他人更耐苦更努力，以表示是共产主义者的亲属。事忙不暇多写，祝你们夫妇进步、健康，做一个共产党的好朋友，一直加入党为盼。

特立　八月

（摘自徐特立致女儿徐静涵的信①）

【家书简析】

徐特立（1877—1968 年），中国革命家和教育家，湖南善化人。他是毛泽东和田汉等著名人士的老师。被尊为"延安五老"之一。

徐老的女儿徐静涵 1928 年因参加地下党外围组织的活动被捕，与家人失去联系。直到 1949 年上海解放，她才和父亲取得联系。这是徐老收到女儿信后的一封回信。信中表示不但不让子女因他而得到关心照顾，还要求女儿如果需要我党录用，那么需要比他人更耐苦更努力，反映了徐老对子女教育要求严格，不对家人搞特殊化，对待女儿入党、工作持平等心的友爱之德，既对女儿生活上进行了关心，也在道德品格上做出了垂范。

【家书摘编】

楠：

　　……

决心是果断的具体表现，我俩应为我们的前途庆幸！方式虽由于"介绍"，然而"爱"乃是由同志关系、政治条件、工作利益、双方前途，特别是性格与品质、相互印象诸复杂因素而自然促成的，而逐渐浓厚起来的。尤其是在击破困难、排除波折之过程中而更会浓厚起来的。倘若"轻易"而成，当不会事后回味之深长吧？比如我们的事业，要不经过艰难缔造的奋斗过程，那么巩固和壮大的程度当不如我们愿望的那样伟大吧！当然，一种小资产阶级的恋爱观，是另一种——花前月下，卿卿我我，这究竟是小资产阶级的呀！无产阶级先锋队则不然，这首先建立在政治上、工作上、性情上和品格上，自然同样也有花前月下，然而已经不是卿卿我我了，而是花前谈心，月下互勉，为了工作，为了事业，为了双方的前途！你同意我的话吗？我想同意的吧！因为你已经在做着了。

我郑重提出：双方对对方的希望上，千万不要"过奢"，尤其是在今天，在

---

①　鲁振祥. 红书简［M］. 太原：山西人民出版社，2001.

初恋，在恋爱定局之初期。俗话说：情人眼里出西施。一般人对他的爱人，是不容易看到缺点的，所以在起初，感情无限好，但日久天长，弱点逐渐暴露，情感就会淡了。因为这里头没有辩证地观察问题，更没有辩证地认识问题，当然也不会有正确的方法去解决问题了。人都有其优良的一面和缺陷的一面的。两面相照，发展其优良的一面，同时又要扬弃其缺陷的一面，主要靠自己，同时靠他人。只要对方在基本上是可爱的，是值得可爱的，那就够了。把功夫用在相互帮助相互教育相互鼓励上，这是我党对待同志的态度，也是恋爱双方互相对待的态度。倘若能够这样，则双方情感不仅不会越来越淡，相反必会越来越浓，以至白头偕老的。

在上述基本观点和基本态度之下，我们相爱了，这种爱才是最正当最伟大最神圣的！同时也必能是最坚持最永久的！

所以，你对我的认识和了解，我知道乃是基于政治、党性、品格，而不是什么地位，地位算什么东西呢？同时，要求你必须还要了解我的另一面，急躁、激动，工作方式、方法上之不够老练，对人对物有时过于尖锐，使人难堪，对干部有时态度过于严肃，加上某些场合下的不耐烦，使人拘束，涵养不到家。这一切都是我自己实行自我批判自我斗争而同时请求你在更接近更了解的情况下帮助我去纠正的。对于你，聪明，豪爽，忠诚，多情，不怕危险困难而忠于党，这是好的一面，优良的一面；可是在另外的一面，高傲，虚荣心——像你所说的，再加上还欠切实，正是你的缺点，却需要你来努力克服的。倘若有了彻底认识，克服虽然必须一个过程，相信是会收到完满成果的。

我希望你的（虽然你已经在作（做）着）是：

（一）加强自己思想意识上的锻炼。你的家庭生活环境熏陶着你，带来了非无产阶级的某些意识。在党对你不断的教育中，特别是在敌后两年烽火的斗争中已经锻炼得使你更坚强起来了。然而进步是无止境的，还需要加倍努力！最近党中央关于增强党性的指示，是我党自有历史以来最有意义最有教育价值的文献之一，你必熟读，妥为笔记，而主要还依靠于左右同志们的相互坦白检讨。区党委会有具体指示，如何去检讨的，特别应当认真着洛甫的《论待人接物》那篇文章，胡服同志《论共产党员修养》小册子，这对于我辈为人为党员为一个革命家，有着决定的作用的。

（二）留心政治，养成对政治的浓厚兴趣，一切应由政治观点上去观察问题。政治是任何一种工作职业的同志所必须具备的。理论修养之外，尤须注意政治形势，根据形势布置工作，分析形势，推动形势，改变形势，要多多地经常地在这方面用心下功夫啊！报纸电讯不应该放过一个字，一条新闻不能单独看作一件新闻，而应分析它的实质。先从近处作（做）起，渐而至于国际形势，抱定志向，做一个最实际的政治工作者，有修养的政治工作者。

（三）待人接物上，不要过于锋芒外露，大方之中含有腼腆。我始终没有忘记过一次毛主席在我外出进行统战工作时临别叮嘱的一句话："对人诚恳是不会失败的！"这句话今天拿来送给你，共同勉励吧。注意我们的态度，我们的言语，我们的待人接物，更谦逊些，更诚恳些，更大方些，更刻苦努力些！

（四）工作，越下层越好锻炼，越深入越能具体了解，也就越能正确解决问题，越能建立信仰。女子生下来长大了是革命的，是工作的，是为大众谋利益的，而不是为的什么单纯性的问题。女子应有其独立的人格，更应有其培养独立人格的场合和环境，即便结婚了之后，我还是主张你应有你的独立的工作环境，我无权干涉你，也不会干涉你。

（五）你写得很好，你应该努力学习写作，记日记，写文章。把材料系统的组织起来写在纸上，这就是文章。要具体材料，不要空洞说理。要提高文化水平，要加强理论修养。……

亲爱的同志！一切美满的愿望，都是建立在政治、理智、情感、热心、努力、互助、互谅之上的！

保重你的身体！

枫

一九四一年九月十四日

（摘自彭雪枫致女友林颖①的信）

【家书简析】

彭雪枫（1907—1944 年），河南省南阳人，中国工农红军和新四军杰出指挥员、军事家。

这是中国工农红军和新四军杰出指挥员、军事家彭雪枫 1941 年 9 月 14 日写给女友林颖的一封信。信中诚恳地梳理了双方的优点和不足，并指出努力方向，希望在待人接物方面，双方应更谦逊些、更诚恳些、更大方些、更刻苦努力些，期望双方互相帮助、互相教育、互相鼓励，努力克服不足，字里行间蕴含了互相尊重、宽厚待人、包容宽容、互帮互助等友善理念，浓浓温情和平等、和谐的恋爱氛围。

---

① 恽代英，邓中夏，赵一曼. 红色经典丛书 红色家书［M］. 南京：江苏文艺出版社，2017.

【家书摘编】

素冰吾爱：

我因各项事忙，已几月不有写信给你了。但是我相信你是能愿（原）谅我的。家事要你做，菊儿等也要你养育，累你真不少，对不住你！望你愿（原）谅我呀！我屡接云南朋友和亲戚的信，晓得你们都安好，我很欣喜。我几月来，也安好如常，虽伤风一两次，但是一两日也就好了。初到京时，天气饮食等一样都不惯，现在一切都惯了。设若你们也在我的身旁，那末也可当家乡在了。菊儿等须使她们不要染着恶习惯（穿耳、裹足等都不许施于她们），要请父亲或三弟等教她们读读书（书我日后买了寄来）。要把她们也要看成是男子，男子怎样，她们也可以怎样，因为我是主张男女平权者，所以我以为不可把女子看轻，我希望我的菊儿等将来比我还强，这不是空想，不是说大话，实在女子也可以造成才呢。家中已几个月不写信与我，我焦心得很！云南近来也是时局不靖，将来更不知如何。望谨慎机警一点，以免受惊。其他可问三弟，便可知道。现因预备补考，不能多写，下次再谈。

祝你和她们

都安好！

你的夫炽于北京
老历八月廿日午后
（摘自张炽致妻子胡素冰的信①）

【家书简析】

张炽（1898—1933 年），云南省路南县人。中国共产党党员，烈士。

这是张炽在北京民国大学政治经济系学习时写给妻子胡素冰的信。当时中国共产党坚决主张男女平等，积极开展妇女解放运动。张炽在信中明确表达了对女儿的浓浓爱意，以及对女儿菊儿教育的态度，明确表示自己是男女平权者。反映出张炽从自己做起，从培养女儿做起，在家庭成员中率先做出了垂范，普及男女平权的新思想，践行着平等相待友爱之德。

---

① 雨花台烈士陵园管理局. 雨花英烈家书［M］. 南京：南京出版社，2016.

【家书摘编】

新九阅悉：

接十一月祖父冥寿期，由葆代笔之信，甚为感慰。我承你祖父之命，托你为嗣，其中情节，谁也难得揣料。惟至此时，或者也有人料得到了！现在我不妨说一说给你听：一、因你身瘠弱，将来只可作轻松一点的工作；二、将桃媳早收进来；三、你只能过乡村永久的生活，可待你母亲终老。至于我本身，当你过继结婚时，即已当亲友声明，我是绝对不靠你给养的。且我绝对不是我一家一乡的人，我的人生观，绝不是想安居乡里以善终的，绝对不能为一身一家谋升官发财以愚懦子孙的。此数言请你注意。我挂念你母亲，并非怕她饿死、冻死、惨死，只怕她不得一点精神上的安慰，而不生不死的乞人怜悯，只知泣涕。我现在不说高深的理论，只说一点可做的事实罢了。1. 深耕易耨的作一点田土；2. 每日总要有点蔬菜吃；3. 打长要准备三个月的柴火；4. 打长要喂一个（头）猪；5. 看相、算命、求神、问卦及一切要用香烛钱纸的事（敬祖亦在内），一切废除；6. 凡亲戚朋友，站在帮助解救疾病死亡、非难横祸的观点上去行动，绝对不要作（做）些虚伪的应酬；7. 凡你耳目所能听见的，手足所能行动的，你就应当不延挨、不畏难的去做，如我及芳宾等你不能顾及的，就不要操空心了；8. 绝对不要向人乞怜、诉苦；9. 凡一次遇见你大伯、三伯、周姑丈、袁姊夫、陈一哥等，要就如何做人、持家、待友、耕种、畜牧、事母、教子诸法，每一月要到周姑丈处走问一次；每半月到大伯、七婶处走一次，每一次到你七婶处，就要替他（她）担水、提柴、买零碎东西才走，十九女可常请你母亲带了，你三伯发火时，你不要怕，要近前去解释、去慰问；10. 你自己要学算、写字、看书、打拳、打鸟枪、吹笛、扯琴、唱歌。够了！不要忘记呀！我（你）接此信后，要请葆华来〔要你母亲自己讲，他（她）的口气，我认得的〕，请他（她）写一些零碎的事给我。

父

二月三号

（十二月二十三日）笔

（摘自何叔衡致义子何新九的信①）

---

①　中共中央文献研究室等. 红书简 2 ［M］. 太原：山西人民出版社，2001.

【家书简析】

何叔衡（1876—1935年），湖南省宁乡人，无产阶级革命家，是中共一大代表、中国共产党创始人之一。

这是无产阶级革命家何叔衡1929年2月3日写给义子何新九的信。信中他细致入微地教导义子待人接物。教育引导义子要善以待人，凡耳目所能听见、手足所能行动的，就应当去做；要待人宽厚，能容人之过；要乐于助人，在自己能力范围之内帮助别人解决问题。反映了他对友善价值观的推崇，能让义子在与人相处时传递友爱之情，为义子与他人和睦相处奠定了情感基础。

【家书摘编】

嘉靖四年（1525年）

前正思辈回，此间事情想能□（编者注：此处缺字）悉。我自月初到今腹泻不止，昨晚始得稍息。然精神甚是困顿，更须旬日，或可平复也。此间雨水太多，田禾多半损坏，不知余姚却如何耳？穴湖及竹山祖坟，雨晴后可往一视。竹山拦土，此时必已完，俟楚知县回日，当去说知。多差夫役拽置河下，俟秋间我自亲回安放也。

石山翁家事，不审近日已定帖否？子全所处未必尽是，子良所处未必尽非，然而远近士夫乃皆归罪于子良。正如我家，但有小小得罪于乡里，便皆归咎于我也。此等冤屈，亦何处分诉。此意可密与子良说之，务须父子兄弟和好如常，庶可以息眼前谤者之言，而免日后忌者之口。石山与我有深爱，而子良又在道谊中。今渠家纷纷若此，我亦安忍坐视不一言之？吾弟须悉此意，亦勿多去人说也。八弟在家处事，凡百亦可时时规戒，俗谚所谓"好语不出门，恶言传千里"也。

六月十三日，阳明山人书寄伯敬三弟收看。

（摘自王阳明致三弟王伯礼的信①）

【家书简析】

这是嘉靖四年（1525年）王阳明写给三弟王守礼的信，请王守礼要劝诫八弟王守恭勿行为不端，表示自己作为家族长兄，有责任劝阻八弟不要仗势欺人。请王守礼去调解自己好朋友石山翁家两个儿子的兄弟矛盾，表示可以学过圣贤

---

① 王阳明. 王阳明家书 王阳明家书家训家规全集 ［M］. 北京：台海出版社，2017.

学问的子良为突破口，规劝子良宽以待人，退让一步；教育弟弟，兄弟相处，朋友相交，肯吃亏才能相处得好，一方肯退让、谅解、吃亏，另一方就不好意思得了便宜不饶人，亲兄弟间更应该互谅互让，容人之过，心平气和，和睦相处；反映了王阳明对和睦兴家主张的倡导，以及对以仁爱和友善之心，做到容人之过、包容宽容、待人宽厚、善言善行传统价值理念的传承。

【家书摘编】

祖父大人万福金安：

......

楚善八叔事，不知去冬是何光景？如绝无解危之处，则二伯祖母将穷迫难堪，竟希公之后人，将见笑于乡里矣。孙国藩去冬已写信求东阳叔祖兄弟，不知有补益否？此事全求祖父大人作主。如能救焚拯溺，何难嘘枯回生。

伏念祖父平日积德累仁，救难济急，孙所知者，已难指数。如廖品一之孤、上莲叔之妻、彭定五之子、福益叔祖之母及小罗巷、樟树堂各庵，皆代为筹画，曲加矜恤。凡他人所束手无策、计无复之者，得祖父善为调停，旋乾转坤，无不立即解危，而况楚善八叔同胞之亲、万难之时乎？

孙因念及家事，四千里外杳无消息，不知同堂诸叔目前光景。又念家中此时亦甚难窘，辄敢冒昧饶舌，伏求祖父大人宽宥无知之罪。楚善叔事如有说法之处，望详细寄信来京。

兹逢折便，敬禀一二。即跪叩祖母大人万福金安。

道光廿一年四月十六日

［摘自（清）曾国藩致祖父的信①］

【家书简析】

这是曾国藩 1841 年 4 月 17 日写给其祖父的一封信，认为祖父在乡党中有威望，凡属别人束手无策的，只要祖父出面认真调停，便能改变局变，没有解不了的危。祖父平日里积德行善，救难济急的善举不胜枚举，家中此时虽也很艰难窘迫，但还是冒昧多嘴，希望祖父对族里正处于困难的亲戚予以资助。此友善之举是扶危济困、助人为乐中华民族传统美德在曾国藩及其家人的为人处事方面的具体体现。

---

① 曾国藩. 曾国藩家书［M］. 南昌：江西美术出版社，2018.

【家书摘编】

男国藩跪禀父母大人万福金安：

……二月十六日接到家信第一号，系新正初三交彭山屺者，敬悉一切。

去年十二月十一，祖父大人忽患肠风，赖神灵默佑，得以速痊，然游子闻之，尚觉心悸。六弟生女，自是大喜。初八日恭逢寿诞，男不克在家庆祝，心尤依依。

诸弟在家不听教训，不甚发奋，男观诸来信，即已知之。盖诸弟之意，总不愿在家塾读书。自己亥年男在家里，诸弟即有此意，牢不可破。六弟欲从男进京，男因散馆去留未定，故此时未许。庚子年接家眷，即请弟等送，意欲弟等京读书也。特以祖父母、父母在上，男不敢专擅，故但写诸弟而不指定何人。迨九弟来京，其意颇遂，而四弟、六弟之意尚未遂也。年年株守家园，时有耽搁，大人又不能常在家教之，近地又无良友，考试又不利。兼此数者，怫郁难申，故四弟、六弟不免怨男，其可以怨男者有故。丁酉在家教弟，威克厥爱，可怨一矣；已亥在家未尝教弟一字，可怨二矣；临进京不肯带六弟，可怨三矣；不为弟另择外傅，仅延丹阁叔教之，拂厥本意，可怨四矣；明知两弟不愿家居，而屡次信回，劝弟寂守家塾，可怨五矣。惟男有可怨者五端，故四弟、六弟难免内怀隐衷。前此含意不申，故从不写信与男，去腊来信甚长，则尽情吐露矣。

男接信时，又喜又惧。喜者，喜弟志气勃勃，不可遏也；惧者，惧男再拂弟意，将伤和气矣。兄弟和，虽穷民小户必兴；兄弟不和，虽世家宦族必败。男深知此理，故禀堂上各位大人俯从男等兄弟之请。男之意实以和睦兄弟为第一。

九弟前年欲归，男百般苦留，至去年则不复强留，亦恐拂弟意也。临别时，彼此恋恋，情深似海。故男自九弟去后，思之尤切，信之尤深。谓九弟纵不为科目中人，亦当为孝弟中人。兄弟人人如此，可以终身互相依倚，则虽不得禄位，亦何伤哉！

恐堂上大人接到男正月信必且惊而怪之，谓两弟到衡阳，两弟到省，何其不知艰苦，擅自专命。殊不知男为兄弟和好起见，故复缕陈一切，并恐大人未见四弟、六弟来信，故封还附呈。总愿堂上六位大人俯从男等三人之请而已。

伏读手谕，谓男教弟宜明责之，不宜琐琐告以阅历工夫。男自忆连年教弟之信不下数万字，或明责，或婉劝，或博称，或约指，知无不言，总之尽心竭力而已。

男妇、孙男女身体皆平安，伏乞放心。

男谨禀。

［摘自（清）曾国藩致父母的信①］

【家书简析】

这是曾国藩道1843年2月19日写给父母的一封信，表达了对弟弟们的愧疚和关切之情。面对弟弟们的埋怨，没有以兄长的架子给予呵斥，而是予以理解，还客观分析了五点原因，表示是自己没有尽到长兄的责任。认为作为一家人，兄弟和睦很重要，若兄弟和睦，即便是穷困小户人家也会越来越兴旺；但若兄弟之间不和，再强盛富有的家庭也会逐渐走向衰败和没落。表示自己支持弟弟们外出求学，就是因为把和睦放在第一位，希望父母理解。对于父母教诲自己教育弟弟应以明言责备为好，不适宜唠叨教他们阅历，表示自己深知对诸位弟弟有教导和帮助的责任，多年来教育弟弟们的书信不下数万字，或明白的责备、或委婉的规劝、或长篇论述、或从小的方面细细指点，努力做到知无不言。反映了曾国藩严于律己、宽以待人、谦虚谨慎的高尚品德和和睦兴家的主张，体现了他对弟弟们怀有的仁爱之心和认真负责、理解宽容的态度。

【家书摘编】

祖望：

你这么小小年纪，就离开家庭，你妈和我都很难过。但我们为你想，离开家庭是最好办法。第一使你操练独立的生活；第二使你操练合群的生活；第三使你自己感觉用功的必要。自己能照应自己，服事自己，这是独立的生活。饮食要自己照管，冷暖要自己知道。最要紧的是做事要自己负责任。你工课做的好，是你自己的光荣；你做错了事，学堂记你的过，惩罚你，是你自己的羞耻。做得好，是你自己负责任。做得不好，也是你自己负责任。这是你自己独立做人的第一天，你要凡事小心。

你现在要和几百人同学了，不能不想想怎样可以同别人合得来，人同人相处，这是合群的生活。你要做自己的事，但不可妨害别人的事。你要爱护自己，但不可妨害别人。能帮助别人，须要尽力帮助人，但不可帮助别人做坏事。如帮人作弊，帮人犯规则，都是帮人做坏事，千万不可做。

合群有一条基本规则，就是时时要替别人想想，时时要想想："假使我做

---

① 唐浩明. 唐浩明评点 上［M］. 青岛：青岛出版社，2017.

了他，我应该怎样？""我受不了的，他能受得了吗？我不愿意的，他愿意吗？"你能这样想，便是好孩子。

你不是笨人，工课应该做得好。但你要知道世上比你聪明的人多的很。你若不用功，成绩一定落后。工课及格，那算什么？在一班要赶在一班的最高一排。在一校要赶在一校的最高一排。工课要考最优等，品行要列最优等，做人要做最上等的人，这才是有志气的孩子。但志气要放在心里，要放在工夫里，千万不可放在嘴上。千万不可摆在脸上。无论你的志气怎样搞，对人切不可骄傲。无论你成绩怎么好，待人总要谦虚和气。你越谦虚和气，人家越敬你爱你。你越骄傲，人家越恨你，越瞧不起你。

儿子，你不在家中，我们时时想念你，你自己要保重身体。你是徽州人，要记得"徽州朝奉，自己保重"。

爸爸 十八年八月廿六日夜（一九二九年）
（摘自胡适致写给儿子胡祖望的信①）

【家书简析】

胡适（1891—1962年），思想家、文学家、哲学家。徽州绩溪人，以倡导"白话文"、领导新文化运动闻名于世。

这是新文化运动的倡导者胡适写给要去苏州读书的儿子胡祖望的第一封家书，教导儿子如何正确面对独立生活、群居生活，群居生活中要尽力帮助别人（但不可帮助别人做坏事），要会换位思考，待人要谦虚和气，做到己所不欲，勿施于人，反映了名人胡适教育孩子的认真态度，对孩子在群体生活中待人处事方式及态度的教导，对孩子践行谦和、待人如己、助人为乐理念的倡导。在家书结尾他还告诉儿子"功课要考最优等、品行要列最优等、做人要做最上等的人"，让人感受到胡适对儿子如山般的父爱，细致绵长，如琢如磨。在家书中，胡适主要给其儿子讲了三个道理，一是希望他独立，二是希望他合群，三是希望他重视学习，并且要保持善良、谦虚、为人着想之心，可见胡适对其儿子在继承和吸收中华传统美德方面的在意和重视。个体的思想认知的提高、家庭的文明提升对于推动一个社会乃至一个国家的文明进步是有积极的促进作用的，胡适深谙此理，所以对其儿子的家庭教育严格对待，希望他能成长为对社会、对国家有用的人。

---

① 老照片编辑部. 一封家书［M］. 济南：山东画报出版社，2018.

【家书摘编】

家书之一

说到骄傲，我细细分析之下，觉得你对人不够圆通固然是一个原因，人家见了你有自卑感也是一个原因；而你有时说话太直更是一个主要原因。例如你初见恩德，听了她弹琴，你说她简直不知所云。这说话方式当然有问题。倘能细细分析她的毛病，而不先用大帽子当头一压，听的人不是更好受些吗？有一夜快十点多了，你还要练琴，她劝你明天再练，你回答说：像你那样，我还会有成绩吗？对待人家的好意，用反批评的办法，自然不行。妈妈要你加衣，要你吃肉，你也常用这一类口吻。你习惯了，不觉得；但恩德究不是亲姐妹，便是亲姐妹，有时也吃不消。这些毛病，我自己也常犯，但愿与你共勉之！——从这些小事情上推而广之，你我无意之间伤害人的事一定不大少，也难怪别人都说我们骄傲了。我平心静气思索以后，有此感想，不知你以为如何？

……

平日仍望坚持牛奶、鸡子、牛油。无论如何，营养第一，休息睡眠第一。为了艺术，样样要多克制自己！再过二年的使徒生活，战战兢兢的应付一切。人越有名，不骄傲别人也会有骄傲之感；这也是常情；故我们自己更要谦和有礼！

十月十一日下午

（摘自傅雷致儿子傅聪的信[①]）

家书之二

爸爸说，要你第一，注意以后说话，千万不要太主观，千万不要有说服人的态度，这是最犯忌的，因为就是你说的对，但是给人的印象只觉得你骄傲自大，目中无人，好像天下只有你看得清、看得准，理由都是你的。还有一个大毛病，就是好辩，不论大小，都要辩，这也是犯忌的。希望你先把这两个毛病，时加警惕，随时改掉。有了意见不要乱发表，要学得含蓄些。这些话都是他切身感到的，以后他自己也要在这方面努力改变。最近爸爸没有空，过后要写长信给你的。

（摘自朱梅馥致儿子傅聪的信[②]）

---

①　傅雷. 傅雷家书（经典译林）[M]. 南京：译林出版社，2016.
②　傅雷. 傅雷家书（经典译林）[M]. 南京：译林出版社，2016.

家书之三

对终身伴侣的要求，正如对人生一切的要求一样不能太苛。事情总有正反两面：追得你太迫切了，你觉得负担重；追得不紧了，又觉得不够热烈。温柔的人有时会显得懦弱，刚强了又近乎专制。幻想多了未免不切实际，能干的管家太太又觉得俗气。只有长处没有短处的人在哪儿呢？世界上究竟有没有十全十美的人事或物呢？抚躬自问，自己又完美到什么程度呢？这一类的问题想必你考虑过不止一次。我觉得最主要的还是本质的善良，天性的温厚，开阔的胸襟。有了这三样，其他都可以逐渐培养；而且有了这三样，将来即使遇到大大小小的风波也致变成悲剧。做艺术家的妻子比做任何人的妻子都难；你要不预先明白这一点，即使你知道"责人太严，责己太宽"，也不容易学会明哲、体贴、容忍。只要能代你解决生活琐事，同时对你的事业感到兴趣就行，对学问的钻研等等暂时不必期望过奢，还得看你们婚后的生活如何。眼前双方先学习相互尊重、谅解、宽容。

......

你是以艺术为生命的人，也是把真理、正义、人格等等看做高于一切的人，也是以工作为乐的人；我用不着唠叨，想你早已把这些信念表白过，而且竭力灌输给对方了。我只想提醒你几点：第一，世界上最有力的论证莫如实际行动，最有效的教育莫如以身作则；自己做不到的事千万勿要求别人；自己也要犯的毛病先批评自己，先改自己的。第二，永远不要忘了我教育你的时候犯的许多过严的毛病。我过去的错误要是能使你避免同样的错误，我的罪过也可以减轻几分；你受过的痛苦不再施之于他人，你也不算白白吃苦。总的来说，尽管指点别人，可不要给人"好为人师"的感觉。......

我相信你对爱情问题看得比以前更郑重更严肃了；就在这考验时期，希望你更加用严肃的态度对待一切，尤其要对婚后的责任先培养一种忠诚、庄严、虔敬的心情！

（摘自傅雷写给儿子傅聪的信①）

【家书简析】

家书之一是傅雷 1956 年 10 月 11 日给儿子傅聪写的信，是傅雷阅读刘少奇在"八大"报告后对骄傲的思考和感想，认为傅聪和自己在与人相处时，方法不太适当，并列举生活中傅聪与人相处不当实例，表示小事不小，无意间会

---

① 傅雷. 傅雷家书（经典译林）[M]. 南京：译林出版社，2016.

伤害人，也会给别人造成骄傲的看法；教导傅聪，人生无情，应不断完善自己，待人要谦和有礼，应抱有"宁天下人负我，毋我负天下人"的心愿，少给人一些痛苦，多给人一些快乐。字里行间，傅雷对儿子从宽厚待人、谦虚待人等方面学会如何做人进行了有益引导，充满了傅雷对儿子深沉的爱和期望，令人动容。

家书之二是傅雷夫人朱梅馥写给傅聪的信，信中谆谆教导儿子与人交往要学会为他人着想，说话做事要心平气和，透露出了母亲浓浓的爱子之情，母亲对儿子如何与人平等相处、和谐共处的谆谆教诲。

家书之三是傅雷1960年8月29日写给傅聪的信，教导傅聪对终身伴侣的要求不能太苛，任何事情都有正反两面，人无完人，认为终身伴侣最主要的是本质善良，天性温厚，胸襟开阔，婚前双方应先学习相互尊重、谅解、宽容，先培养一种忠诚、庄严、虔敬的心情，告诫儿子要善以待人，己所不欲，勿施于人，要宽厚待人，对傅聪如何看待爱情、如何选择伴侣，如何与爱人相处进行了有益引导，其言辞亲切温和却又不失为父的中肯。

第四节　在公民层面践行社会主义核心价值观

新时代，纸笔已日渐被键盘、语音、视频等所替代，这固然是时代的进步，但字里行间传递出的手写温情，却是其他形式难以比拟的。基于中国传统家书文化自身所蕴含的丰富思想内涵和育人价值，新时代的我们，应合理借鉴中国传统家书文化，充分发挥其在公民层面践行社会主义核心价值观的载体作用。如中国传统家书在育人方式和方法上具有很多独到之处，这对于新时代开展青少年社会主义核心价值观教育，培养时代新人就具有重要的借鉴意义。

一、在爱国中践行社会主义核心价值观

社会主义核心价值观公民层面价值准则，必然要求每个公民要自觉弘扬以爱国主义为核心的民族精神。党的十八大以来，习近平总书记在不同时间和场合谈到"爱国"，多次强调爱国主义是中华民族精神的核心，是始终把中华民族坚强团结在一起的精神力量，也是人世间最深厚、最持久的情感，号召全国人民要歌颂家国情怀，弘扬爱国精神。纵观历史，爱国从来就是刻有中华民族根本精神的一面鲜明旗帜，也是各族人民共同的精神支柱，在维护祖国统一、

民族团结、抵御外来侵略、推动社会进步中，都发挥了重大作用。在爱国主义精神的激励下，我们的国家和中华民族自强不息，具有伟大的凝聚力和生命力。《大学》中"古之欲明明德于天下者，先治其国；欲治其国者，先齐其家；欲齐其家者，先修其身"，这段论述是家国情怀的情感展现，这种家国情怀的情感也奠定了国人修身、齐家、治国、平天下的道德理想和行为准则。几千年来，无数爱国者在家国情怀的熏陶和指引下，怀抱保家卫国、济世安民的理想，不惧艰难，不忘初心、牢记使命，立足岗位，脚踏实地，默默奉献，为中华民族的伟大复兴贡献了力量。习近平总书记指出，对每一个中国人来说，爱国是本分，也是职责，是心之所系、情之所归。作为新时代的公民，我们都应积极响应社会主义核心价值观公民层面价值要求，培育和践行社会主义爱国观，并以"位卑未敢忘忧国"的强烈爱国责任感，"苟利国家生死以，岂因祸福避趋之"的爱国情怀和责任担当，做爱国主义精神最坚定的弘扬者、实践者、传播者。

二、在敬业中践行社会主义核心价值观

在党的十八大报告中，把敬业纳入社会主义核心价值观个人层面的价值准则，这一方面体现了新时代对敬业精神的重视，也反映了实现中华民族伟大复兴中国梦的现实需要。

敬业是马克思历史唯物主义在当代的现实表达。按照马克思的劳动观，劳动创造了人，生产劳动是人类社会得以繁衍和发展的必要条件。"任何一个民族，如果停止劳动，不要说一年，就是几个星期也要灭亡。"敬业源自社会分工，是社会生存和发展的需要。在社会分工的大环境下，每个人的需要要得到满足，离不开其他行业的工作；只有各行各业把自己的工作做好了，社会才能运转的好，这就是我为人人、人人为我的道理。可以说，敬业是实现个人价值与社会价值统一的重要途径。

在我国革命战争、社会主义建设和改革开放时期先辈们为了夺取革命胜利、创建新中国和建设社会主义现代化，积极践行敬业精神，为我们作出了表率。他们中有革命战争时期为试制弹药负伤无数的工兵事业开拓者吴运铎，为民族独立宁死不屈斗争到底的杨靖宇，为民族解放舍身炸碉堡的董存瑞等先烈，和始终不忘初心、坚定信念、领导全国人民推翻三座大山、开天辟地建立新中国的共产党员；有中华人民共和国成立初期，在进行社会主义建设的过程中，艰苦创业、忘我拼搏、科学求实、无私奉献的"铁人"王进喜，亲民爱

民、艰苦奋斗、迎难而上的人民的好公仆焦裕禄；爱岗敬业、吃苦耐劳、勤劳朴实的淘粪工人时传详等英雄劳模；有改革开放时期，敢为天下先的小岗村18名大包干带头人，始终在农业科研第一线辛勤耕耘、不懈探索的杂交水稻之父袁隆平，默默奉献、不怕牺牲、攀登科学高峰的两弹一星功勋奖章获得者……他们用自己的汗水和鲜血谱写了一篇篇动人的敬业篇章，为中国梦的实现奠定了坚实的基础。

敬业作为社会主义核心价值观公民个人层面的职业道德要求，是实现中国梦的动力之源，是新时代对我们当代青年发出的最强音。中国梦需要每一个中国人，中国梦也属于每一个中国人，中国梦的实现离不开每个人的敬业奉献。习近平总书记指出，道不可坐论，道不可清谈，只有于实处用力，从知行合一上下功夫，核心价值观才能内化为人们的精神追求，外化为人们的自觉行动。践行敬业观，需要我们以社会主义敬业观为精神指引和价值导向，以螺丝钉精神立足岗位，做好本职工作，以时不待我、只争朝夕的精神，勤奋刻苦，尽心尽责，以敢为人先的精神，与时俱进，开拓进取，创新创造，以小我的业成就大我的梦想，为中华民族伟大复兴的中国梦贡献自己的力量。

三、在诚信中践行社会主义核心价值观

从古至今，诚信作为重要的道德规范之一，要求人们在做人做事发给诚实守信，立人、成事、兴国等方面诚信的作用至关重要。现如今，"诚信"作为核心的道德范畴之一，在完善和发展社会主义市场经济的过程中具有重要作用。习近平总书记指出，培育和弘扬社会主义核心价值观必须立足中华优秀传统文化；牢固的核心价值观，有其固有的根本。[①] 经过长期努力，当前中国特色社会主义进入了新时代，一方面，要求个人要具备诚实的品质和境界，实事求是、表里如一，以事实为基础，既不欺骗他人、也不自欺欺人。另一方面，要求人们在相互交往的过程中能够言行一致、信守承诺，认真履行自己的责任和诺言，共建和谐社会。

最后，将中国传统家书文化融入日常社会生活当中，借助其资料价值进行历史教育、文学教育、美学教育。在培育和践行社会主义核心价值观的同时使受教育者得到情操的陶冶。将中国传统家书文化融入学校教育教学实践的各个

---

① 摘引自习近平：《把培育和弘扬社会主义核心价值观作为凝魂聚气强基固本的基础工程》，《人民日报》2014年2月26日，第1版。

环节，使学生能够更加深入地理解中国传统家书文化所蕴含的思想内涵及其时代价值。将中国传统家书文化融入家庭教育和家风建设的整个过程。习近平总书记指出，家庭是孩子的第一个课堂，父母是孩子的第一任老师。① 在家庭教育实践中，父母可通过挖掘家书文化丰富的思想内涵，讲述家书背后的感人故事，向孩子积极传递中华优秀传统文化的核心价值理念和传统家庭美德，帮助孩子扣好人生的第一粒扣子，迈好人生的第一个台阶。将中国传统家书文化融入群众性精神文明创建活动的实践当中。要以各种群众性精神文明创建活动如创建文明城市、文明村镇、文明单位、文明家庭等为载体，开展学习中国传统家书文化，传承优良家训家风的主题教育实践活动，引导广大群众学习践行传统家庭美德，养成文明有礼、遵规守序、互爱互助的良好行为和习惯，从而为社会主义核心价值观的培育和践行奠定良好的群众基础和社会基础。

正确的借鉴中国传统文化的育人方式，充分的发挥社会主义核心价值观在教育时代新人中的育人功能，在诚信的优良道德品质中践行社会主义核心价值观。在党的十九大报告中提出"推进诚信建设和志愿服务制度化，强化社会责任意识、规则意识、奉献意识。"② 诚信作为中华传统文化和传统美德的一部分，不只代表了我国的文明程度，同时还是个人在日常生活中为人处事和立业的基本道德规范。诚实守信作为我国社会主义公民道德建设的重要内容之一，不仅是对于中华民族传统美德的传承和弘扬，而且也是对于当前社会主义市场经济建设中诚信道德规范与时俱进的回应。

四、在友善中践行社会主义核心价值观

"友善"被确立为社会主义核心价值观公民层面价值准则的一项要求，这既是对历史传统的尊重，也是对人们当下道德需求的回应。习近平总书记在北京大学师生座谈会上讲话中指出："核心价值观，其实就是一种德，既是个人的德，也是一种大德，就是国家的德、社会的德。国无德不兴，人无德不立。"社会主义核心价值观，个人层面的友善就是一种切切实实的德。友善是中华民族的传统美德，也是维系社会主义和谐社会价值共同体和意义共同体的重要支撑；友善是人类尊严、安全感和享有舒适生活的内在需要，友善也是防止人际关系异化的精神力量。友善之德的普遍认同、内化及广泛宣传教育，有利于社

---

① 习近平. 习近平谈治国理政［M］，北京：外文出版社，2014.
② 摘引自《中国共产党第十九次全国代表大会报告摘编》，北京：外文出版社，2018 年。

会生活的良好秩序，也是和谐共融境界得以实现的基本道德前提。友善是传承社会主义核心价值观的载体，也是社会和谐的润滑剂，培育和践行社会主义友善观，有利于每个公民从社会氛围中受益，也有利于将公民塑造成为善于沟通、协商能力强、公共意识好的现代人。友善作为一种价值观，具有历史性。随着时代的进步，友善又被赋予了时代要求。对于新时代中国特色社会主义的公民而言，培育和践行社会主义友善观，从个人与自身维度，我们要做到自我友善，推崇心态平和、恬静淡然，讲究"三不"即不争、不气、不恼；从个人与个人维度，我们要做到人际友善，"以和为贵"，宽容处事，尊重待人；从个人与社会维度，我们要做到社会友善，以"和平共处、亲善和睦"为基础，追求"国泰民安""天下太平"的理想；从个人与自然的维度，我们要做到生态友善，人与自然和谐共生，主张人类要认识自然尊重自然进而保护自然，达到"天人合一"的境界。

参考文献

［1］余超海，韦冬雪．论家书与中华优秀传统文化的传承［J］．广西社会科学，2017（9）：228－229．

［2］张丁．民间家书的定位及分类探析［J］．山西档案，2012（2）：64－69．

［3］崔志胜．中国传统家书文化对社会主义核心价值观的作用探析［J］．马克思主义理论学研究，2020（2）：140－145．

［4］段晓宏，王海燕．对传承发展中华家书文化的理论与实践研究［J］．学理论，2019（12）：126－128．

［5］贺海超．《红色家书》诵读社会实践活动对高校思想政治教育的启示［J］．德育研究，2020（7）：45－46．

［6］刘金祥，韦冬雪．论家书与中华优秀传统文化的传承［J］．广西社会科学，2017（9）：228－229．

［7］郭建宁．社会主义核心价值观基本内容释义［M］．北京：人民出版社，2014．

［8］《红色家书》编写组．红色家书［M］．北京：党建读物出版社，2016．

［9］傅雷，等．傅雷家书［M］．南京：译林出版社，2016．

［10］曾国藩．曾国藩家书［M］．南昌：江西人民出版社，2016．

［11］王阳明．王阳明家书［M］．北京：台海出版社，2017．

［12］唐洲雁．中共元勋家书品读［M］．北京：中国人民大学出版社，2013．

［13］来钧，沈健，项勇，楼坚．一封家书［M］．北京：中国广播影视出版社，2019．

［14］吴潜涛．深刻理解社会主义核心价值观的内涵和意义［N］．人民日报，2013－05－22．

［15］本书编写组．家书传家风［M］．北京：中国方正出版社，2017．

［16］丁宝桢．丁文成公家信［M］．济南：山东画报出版社，2012．

［17］曹晓英．儿子，妈妈要去守护阵地了［J］．流行阅读，2020（4）：

30－40.

[18] 李馨. 两封家书，诉说战疫衷肠［J］. 走向世界，2020（8）：60－61.

[19] 霍芳霞：论社会主义核心价值观语境中的敬业范畴［J］. 天水师范学院学报，2016（4）：13－16.

[20] 米卫娜. 友善价值观的传统文化基因及现实转化［J］. 山西青年，2019（09）：1－2.

[21] 王建国，等. 新时代爱国主义的时代主题、基本内涵和践行路径［J］. 当代世界社会主义问题，2020（1）：3－11.

[22] 郑伟. 社会主义核心价值观之"敬业"的时代内涵及内生性培育［J］. 当代中国价值观研究，2018（1）：29－37.

[23] 刘柳. 社会主义核心价值观之敬业探析［J］. 福建省社会主义学院学报，2019（6）：84－91.

[24] 郭建宁. 社会主义核心价值观基本内容释义［M］. 北京：人民出版社，2014.

[25] 李丽丽. 论社会主义核心价值观之敬业［J］. 中国特色社会主义研究，2015（5）：78－83.

[26] 杨业华，等. 社会主义核心价值观之敬业探析［J］. 思想理论教育导刊，2015（10）：62－66.

[27] 林丹. 爱国主义的精神内涵与发展变迁［J］. 文化软实力，2019（01）：61－66.

[28] 李慧华，等. 在"友善"中践行核心价值观［J］. 人民论坛，2016（25）：212－213.

后　记

　　家书是中国传统文化的重要组成部分，在中华民族已经绵延了两千多年。它从社会的基本细胞家庭的角度折射中华民族的情感依托和精神文化，是中华民族重视人文亲情、伦理道德的真实写照。作为传统媒介的主要方式，在漫长历史长河中积淀形成的家书，以其独特的思想与艺术价值，不仅集中反映了古代中国人修身、齐家、治国、平天下的理想抱负和价值观念，也真实体现了近现代中国人在家庭生活、工作学习、事业奋斗中的思想情感、志趣追求和道德原则，是中华民族优秀传统文化和思想智慧的宝库与重要载体，也是涵养社会主义核心价值观的基础与源泉。研究、挖掘家书中所蕴含的思想内涵和精神文化价值，对进一步启迪当代人特别是当代青年人传承民族优秀文化、弘扬传统美德、提高思想修养、升华理想追求，促进家庭和社会的和谐，培育和践行社会主义核心价值观具有积极的促进作用。

　　党的十八大以来，习近平总书记十分强调传承和弘扬中华优秀传统文化，高度重视发挥社会之核心价值观的引领作用，多次提出我们永远不能忘记自己是从哪里走来的，永远都要从革命的历史中汲取智慧和力量，把理想信念的火种、红色传统的基因一代代传下去，让革命事业薪火相传、血脉永续。党的十九大明确提出要培育和践行社会主义核心价值观这一当代中国精神，深入挖掘中华优秀传统文化蕴含的思想观念、人文精神、道德规范，结合时代要求继承创新，让中华文化展现出永久魅力和时代风采。

　　传统家书既承载了家书传统表达、寄托思想感情的方式，又深刻地烙铸了中国红色革命和共产党人的印记，是中国传统文化和革命红色文化的有机组合。内涵丰富、意蕴深远。本书主要立足社会主义核心价值观标准体系，遴选了优秀的传统家书或家书节选进行整理、分析；以社会主义核心价值观国家层面、社会层面、个人层面三个视角，充分挖掘传统家书中蕴藏的精神价值和红色教育元素。以此积极响应习近平总书记号召；充分发挥家书独特的育人功能；感染和激励当代人、特别是肩负"两个一百年"奋斗目标建设使命的当代青年人，传承优秀文化、涵养道德情操、厚植家国情怀、立志奋发有为。传统家书具有一定的学术价值、应用价值，又具有较好的当代教育意义和普及意义。

随着社会进入信息化、网络化时代，传统家书逐渐式微并面临失传。本书认为，在深入推进社会主义核心价值观建设，以共同的价值理想引领全社会为实现中华民族伟大复兴而努力奋斗的今天，有必要回顾传统家书，重温那些穿越岁月却仍浸透着思想与情感力量的字句，挖掘传统家书与社会主义核心价值观要求相适应的精神内涵和道德标准，探寻家书文化在秉持传承优秀传统价值理念和思想美德、推进良好家风形成、滋养社会主义核心价值观的重要作用，充分显示家书的当代价值，让社会主义核心价值观能更好地融入家庭文化建设、扎根于人们的观念与意识之中。

本书为 2018 年四川省软科学研究项目成果，项目编号：2018ZR0292。由项目负责人刘铁鹰著述。项目组成员罗玉洁、赵柯、黄艳、蒋娇龙、程迪、李大林、瞿懿韬为项目顺利完成承担了大量工作，并对本书的形成给予了大力支持。四川大学出版社在编辑出版过程中也给予了详细的指导和帮助。在此，谨对促进本书出版的每一位老师表示最衷心的感谢！

在本书编写过程中，参阅和借鉴了大量文献资料，并通过挖掘与研究尽力在书中加以清晰阐述，以希望通过本书有效增括广大读者对传统家书的认识和了解，使广大读者通过家书的吸引和感染成为中华优秀传统文化的传播者、践行者和创新者，推进中华优秀传统文化代代相传。但由于水平所限，本书难免存在不足，也恳切期盼各位专家、同仁以及阅读本书的读者能够提出宝贵意见，以便使之不断修改完善。

编者
2021 年 9 月